KB207506

오방떡소녀의

행복한 날들

오방떡소녀의
행복한 날들

초판 1쇄 찍음 2010년 11월 5일
초판 3쇄 펴냄 2011년 3월 17일

지은이 조수진
펴낸이 김선영
펴낸곳 책으로여는세상

출판등록 | 제396-2008-000066
주소 (우)410-755 경기도 고양시 일산동구 중산동 1800 하늘마을 5단지 509-1801
전화 031-818-9917 | **팩스** 0505-917-9917 | **E-mail** chaekyeose@daum.net

ISBN 978-89-93834-06-2(03810)

책으로여는세상

좋 · 은 · 책 · 이 · 좋 · 은 · 세 · 상 · 을 · 열 · 어 · 갑 · 니 · 다

이 도서의 국립중앙도서관 출판시도서목록(CIP)은 e-CIP 홈페이지(http://nl.go.kr/cip.php)에서
이용하실 수 있습니다.(CIP2010003890)

웃음과 희망을 전해주는 행복 비타민

오방떡소녀의
행복한 날들

글·그림 조수진

책으로여는세상

이런
싸가지 없는
놈들!

윤문식 선생님

조수진, 그녀는 분명 예쁜 외모, 밝은 미소만큼 아름다운 마음씨를 가진 소녀다. 엄청난 병마와 싸우면서도 웃음을 잃지 않고 명랑히 살아가는 그녀의 용기와 희망은 작은 괴로움에도 삶을 포기하는 못난 어른들을 부끄럽게 한다. 그녀는 진정 우리들에게 용기와 희망을 선사하는 천사임이 분명하다.

SBS
백세 건강
스페셜!

최영주 아나운서

아주 맑고 밝은 아가씨를 만났습니다. 주로 어른들이 출연하는 〈건강스페셜〉에 이십대 꽃 같은 아가씨의 투병 이야기는 아팠지만 빛났습니다. 이 예쁜 아가씨의 투병기가 슬프지만은 않은 까닭을 저는 압니다. 육체보다 마음의 병이 더 심할지도 모르는 우리들에게 잠시 걸음을 멈추게 할 것을 알기 때문입니다.

차-암
쉽-죠잉?

개그우먼 박지선

오방떡소녀의 행복한 날들! 귀여운 그림 때문에 눈이 먼저 간 책이었지만 그 속의 내용들은 저를 울고 웃게 만들었습니다. 매일같이 반복되는 평범한 일상의 행복함을 다시 한 번 느끼게 해준 오방떡소녀님께 감사드립니다. 그럼, 다음 이야기도 기대하고 있을게요~!

넘어진 아이는 땅을 원망하지만, 그 땅을 딛고 일어서야 한다는 말이 떠올랐습니다. 넘어진 아이의 심정과 상황을 사진으로 찍고 청진기로 들어 보듯 정확하고 세밀하게 묘사한 조수진의 카툰을 보면서요. 책장을 넘기다 보면 그 아이에게 가장 좋은 위로란 바로 옆에 주저앉아 함께 있는 것이라는 걸 알게 됩니다. 살다 보면 우리는 누구나 넘어집니다. 그럴 때 울지 않고 웃으면서 일어서는 법을 이 책은 알려줍니다. - 이금희

그림이 언어가 될 수 있고 언어가 살아 숨 쉬는 샘물이 될 수 있다는 진리를, 암이 축복이 될 수 있고 축복은 검은 보자기에 싸여 있을 수 있다는 지혜를 알려주는 충분히 괜찮은 책! - 김재원

책을 읽는 내내 생각했습니다. 용기를 가지고 믿음을 갖고 사랑을 전할 수 있다는 것이 얼마나 위대한 것인지를…. 자기 자신을 믿고 그 안에서 행복을 찾는다면 세상에서 가장 행복한 이기주의자가 될 수 있습니다. 바로 오방떡소녀처럼 말이죠. 일상에 찌든 당신, 소소한 일에도 쉬이 낙심하는 지친 당신에게 이 책을 추천합니다.

오방떡소녀의 행복한 날들! 참 많은 생각을 하게 해주고 또 힘이 되는 책이었습니다. 긍정의 힘을 믿는 저에게 다시 한 번 확신을 주고 지쳐 있던 저를 또 한 번 달리게 만들어준 참 고마운 책이기도 했구요. 현재의 행복을 충분히 즐기고 느끼게 해주셔서 감사합니다~! 사랑합니다!!!

프롤로그

故 장영희 선생님의 에세이 가운데 암 판정을 받은 후 심정을 써놓은 대목이 있다.

> 신에게 내가 불운의 대상으로 선택되었다는 사실에 화가 났고, 내 자유의지와 노력만으로 이길 수 없는 싸움을 해야 한다는 사실이 너무 불공평하게 느껴졌고, 오로지 건강하다는 이유로 나에게 우월감을 느낄 사람들이 미웠고, 무엇보다 내가 동정의 대상이 된다는 사실이 너무나 자존심 상했다.

어쩜, 내 마음도 딱 이랬다. '왜 하필 내가'라는 생각에 억울하기도 하고 분하기도 하고, 친구들의 위로도 다 삐딱하게만 들렸다(위로를 위로로 받아들일 수 없었던 속상한 마음이 '암이래' 편에 고스란히 담겨 있다).

그런데 생각해보니 사실은 나 역시 학창시절에는 '오로지 내가 더 공부 잘한다는 이유로', 사회에 첫발을 들인 이후에는 또 '오로지 내가 더 좋은 학교를 졸업했다는 이유로' 남들에게 우월감을 느낀 적이 얼마나 많았는지 깨닫게 되었다. 그리고 그런 생각을 하면서 내가 이 암이라는 녀석 때문에 6년 가까이 괴롭고 힘들었던 만큼 세상에는 너무 다양한 이유로 고통 받고 눈물짓는 사람들이 많다는 것도 느끼게 되었다. 경제적인 어려움이라든지 인간관계에서의 갈등, 뜻대로 되지 않는 진학이나 취업 때문에 겪는 좌절까지 세상에는 내가 몰랐던 힘든 일들이 무수히 많았다.

그런데 참 신기한 것은 당시는 죽을 만큼 괴로웠던 일들이 지나고 나니 그럭저럭 견딜만했다는 생각이 든다는 것이다. 아니, '견딜만했어' 정도가 아니라, 힘들었던 시간들 사이사이에 숨어 있었던 소소한 행복의 순간들이나, 괴로움을 잊고 깔깔 웃었던 재미난 일들이 힘들었던 시간들을 덮을 만큼 더 많이 떠오르기까지 한다. 아무리 힘든 시간들 속에도 감사하고 행복한 순간들은 여전히 존재하고 있었던 것이다.

암과 함께라도 내가 할 수 있는 일들이 있고, 암을 통해서 내가 뭔가 배울 수 있으리라는 생각을 하게 되면서 활기를 되찾게 된 생활, 그리고 그리게 된 만화. 젊은 나이에 암에 걸렸지만 마냥 슬퍼하고 있을 수만은 없기에 벌떡 일어나서 청춘을 즐기는, 울고 웃고 때로는 상처받기도 하면서 남들과 다를 바 없이 젊은 날을 보내는 오방떡소녀의 이야기를 그리면서 웃을 수 있는 일들을 더 많이 찾아내게 되었다.

그래, 우리는 모두 힘든 인생을 살아간다. 뭐든지 뜻대로 되는 인생을 사는 사람이 어디 있을까. 그렇지만 힘든 중에도 고통의 무게에 눌려서 행복과 웃음의 순간들을 외면해버리지는 말자고, 당신의 어깨를 부드럽게 토닥이며 말해주고 싶다. 살아 있으니까, 그래도 이렇게 숨 쉬며 살아 있으니까 힘을 내야지!

Part 3

삶이 그대를 속일지라도

Part 4

인생은 롤러코스터처럼

Part 1

스물일곱에 만난
낯선 친구

 낯선 친구

술 마시는 거, 밤새 노는 거 무진장 좋아하고

밤새 논 다음날도 화장은 필수

운동이라고는 고등학교 이후로 끝

맞다, 쇼핑몰 걷는 것도 운동인가

공부랑 일은 악착같이 하면서
건강 챙기는 일은 무조건 귀찮아 했던,

아, 됐어!

저녁 먹을 틈이
없어!
이거 오늘 끝내고
퇴근할 거야

점심도 못 먹었지
괜찮아, 안 죽어~

그런 스물일곱 오방떡 소녀에게 찾아온

암이라는 녀석!

나 왔어~

이 녀석과 친구가 되기까지
울고 웃으며 아파했던
제 이야기를 ... 좀 해볼까 해요 ...

자아, 우여곡절 많았던 그 시간들이
이제부터 펼쳐집니다!

 암이래

아는 오빠

~~친한~~ 친구
친하지도 않은

당신들 잘못이 아니야

단지... 무슨 말도 위로가 되지 않는 거야, 난.

암이래...

2005년 2월,
믿어지지 않는 현실

암에 걸렸다고 하면
많은 사람들이 묻는 질문 중 하나!

그에 대답을 해 보자면...

어느날부터 시작된 심한 기침으로
약 먹으며 고생하기를 두어달,

그 다음에는 무릎 관절이 굳고 너무 아파서
절뚝거리며 류머티즘 치료를 받으러 다녔고,

결국 S대병원에서 각종 검사를 해 보니
폐 엑스레이에 뭔가가 있다고 해서
폐렴약을 먹으며 결핵 검사를 하고 또 하고,

카악

우씨,
가래뱉기가
왜이리 힘들어

(결핵은 가래검사가 가장 정확)

그러던 중에 목에 묵직한 덩어리가 튀어나와
'조직검사'라는 것을 하고 보니,

여기
딱딱한게
만져져요

결국 **암**이었어요...

암이래...

왜 이렇게
실감이 안 나지...

누구에게든 일어날 수 있는 일인줄 알면서도,
나에게만큼은 그런 일 없을 줄 알았지...

조직검사를 하고, 암이라는 이야기를 듣고,

"그래도 괜찮아"라고 스스로를 위로하고 있을때,

의사선생님이 말씀하셨죠.

주말 지나고 월요일에
골수검사를 할 겁니다.
골수까지 퍼져 있는지를
봐야 하니까요

순간, 내 머릿속은... **멍** 해졌죠

네,
뭐라고요?

또 뭔 검사?

그리고, 다음순간... **꽉** 찼죠

골수검사?   골수검사라고 ?!

급격히 생긴 다크써클

23

드라마에서, 다큐멘터리에서 보잖아요!
입술을 꽉 깨물고 침대시트를 움켜쥐고
가늘게 신음소리를 내며 아픔을 참는... 으으으...

바로 그 **골수 검사** 라네요!!!

생각만 해도
무서워
죽겠다고요!

S대병원 1층에는 두꺼운 의학사전이 비치되어 있어요.
저는 비틀거리며 엘리베이터를 타고 1층으로 향했어요.

))) 드르륵 드르륵
(끌고 다니기 엄청 불편)

24

사전에 뭐라고 쓰여있었는지는
정확히 기억나지 않지만, 대충 이런 내용이었어요.

… 뼈 속에 주사바늘을 넣어…

…통증이 심한 경우는 일주일쯤 몸살을 앓기도…

사전을 보고 백만배 더 울적해지고 무서워진 저는,
급히 병실로 돌아가서 아빠를 불렀어요

아빠는 그저 허허 웃으셨어요

 울아빠는 원래부터, 헛소리에는 상대를 안 해줘요.
완전 안 들리는 척 하면서 허허 웃으신다니깐요.

그래서 저는 또 엄마를 불렀죠.

엄마는 "그래, 그러자" 하고 대답하셨어요.

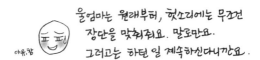

울엄마는 원래부터, 헛소리에는 무조건
장단을 맞춰줘요. 말로만요.
그러고는 하던 일 계속하신다니깐요.

결국 그날밤...

퇴원할 거라니깐... 중얼중얼

결국 피할수 없었던 골수검사— 오방떡소녀

골수검사 2

드디어 올 것이 왔어요...

자, 엎드려 보세요

무뚝뚝한 레지던트
정체불명의 수레를 끌고 등장 ☆

자세한 설명도 없이 대뜸 엎드리라는 주치의 때문에
약간 마음이 상했지만 어쩌겠어요

쳇!

뒤에서 무슨 일이 벌어지고 있는지 궁금했으나
목을 돌려 뒤를 볼 수 없는 상황

특히 주사를 놓을 때부터는
고개도 납작 숙이고 있어서
뭘 어떻게 했는지 아직도 궁금...

바지를 약간 내려 골반이 보이도록 하고

← 이렇게 가운데 구멍이 뚫린 천을 덮고
(목표지점을 조준하기 위한 걸까요?)

29

첫번째 닥쳐온 것은 마취주사!
깊-이 오래오래 찌르고 있었는데,
마치 근육이 뒤틀리는 것처럼 아팠어요

그래도
참을만은 해어!

《꾸벅꽉》

골수를 뽑아낼 때에는 마취 덕분에 아프지는 않았지만,

뼈를 **뿌드득 뿌드득** 뚫고 들어가는 느낌이랑

꿀렁꿀렁 펌프질하는 그 느낌은 다 오더라구요

마치 이런 느낌?

커다란 못을 온 힘을 다해 눌러 뼈를 뚫고

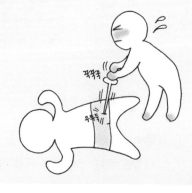

꾹꾹꾹

우두둑//

못이 들어간 다음에는 나사못으로 교체,
끼리릭 끼리릭 돌려서 최대한 깊이 고정시키고

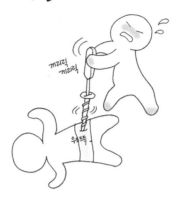

단단히 고정된 후에는 펌프질을 쑥쑥,
마른 땅에서 물 한두 방울 나오는 것처럼
도통 나오지 않는 골수를 "안간힘을 써서" 뽑아내는 거죠
(이 안간힘은 환자보다는 의사에게 필요하더라고요)

이 모든 과정을 두 번씩 (오른쪽, 왼쪽) 하고 나니

오른쪽 골반은 끝났고, 이제 왼쪽 할게요 (역시 무뚝뚝)

에익 뭐야

다 끝난거 아니었어?

기운이 쭈욱 빠지더라고요

(의사 선생님께도 여간 중노동이 아닐듯 해요)

골수검사가 끝난 후에는
골반에 모래주머니를 대고 네 시간 동안이나
꼼짝 안 하고 누워있어야 했는데,
화장실 가고 싶어서 죽는 줄 알았어요

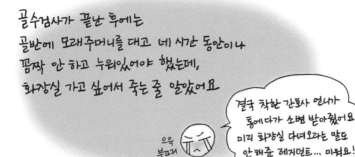

으윽
부끄러

결국 착한 간호사 언니가
통에다가 소변 받아줬어요.
미리 화장실 다녀오라는 말도
안 해준 레지던트... 미워요!

그래도 지나고 보니, 생각했던 것처럼
고통스럽지는 않더라고요

오박떡 소녀

말해줄테다

암이라는 얘기를 듣고 쩜끔... 아주 쩜끔은
오히려 반가움을 느꼈던 나,

이때는
양투병이 어떤건지
몰랐으니깐요
허허

그동안 병원 간다고
외출할 때마다
꾀병 아니냐고 구박한
K과장님...

나 진짜
서러워서
많이 울었다구

중얼중얼

아픈것 같지도 않다며
수근거리던 N주임

이것 보라구
나 꾀병아니잖아

암이라구, 암

아픈거
맞았잖아

검사를 받으려고 입원하면서 휴가를 냈던 회사에
전화를 걸었다

33

뚜르르르—

아무렇지도 않게 "저 암이래요"하고 말해야지

뚜르르르—   뚜르르르—

그동안 눈치보면서 병원다니고
아프다는 말도 제대로 못했는데,
오히려 마음 편하다고 웃어줄테다

암이래요, 하고 말하려는 순간
"암"자를 미처 다 발음하기도 전에

나도 모르게 뭔가가 울컥— 눈물이 핑 돌더니...

결국

아무렇지도 않게, 는 커녕
울음이 터져나오는 바람에
제대로 말을 할 수도 없었다

이거 참...

아무렇지도 않게는 무슨...
아이고 쪽팔려

뭐라고 ?
잘 못 알아듣겠는데 —
다시 말해봐, 응

내 마음대로 되지 않는
이놈의 눈물...

소방력 소녀

항암 시작하다

암이라는 진단만 받았지
뭐가 뭔지 모르는 얼떨떨한 상태일때
온 가족이 둘러앉아 (모두들 다쇼곳)
앞으로의 치료에 대한 계획을 들었어요

아니 근데!
이 주치의..., 외계어를 하더라고요!

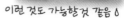

이런 것도 가능할것 같음 ◊

그래도 그럭저럭 알아듣고
이런저런 서류에 싸인도 하고 그랬어요

에헴 싸인은
함부로 안다구우~

38

저는 사실 단순한 사람이랍니다

암튼 주사 8번만
맞으면 낫는다는 거지!
문제없어!

↑
사실과 다름 ◊

여러가지 주의사항을 대충 듣고
처음으로 항암주사를 맞고 있는데 (2~3시간 소요)
친구들이 우르르 놀러왔어요

여어~
괜찮아?

우리가 왔어!
좀 어때~?

왁자지껄 웃고 떠들며 놀기를 20분쯤?
주사바늘을 꽂은 팔이 욱신욱신 아파오는 거예요

이상해
팔이 너무 아파~

어머
왜 그러지?

내가 얼른
간호사 불러올게!

한 친구가 간호사 언니를 부르려고 하는데
남자친구가 의사인 K양, 그 친구를 막더군요

※ 중요 : 본인이 의사가 <u>아니고</u> 남자친구가 의사일 뿐

어머, 얘 ~
내가 해 줄게 ~
약을 좀 천천히
들어가게 하면 될거야

손가락으로 여길 돌리면
약이 들어가는 속도를
조절할 수 있더라고요

링거줄

이렇게 맘대로 주사약 들어가는 걸 조절해 놓고
마냥 신났던 우리...

오오,
진짜
편찮네

내가 좀 안다니깐 ―

대단해, K!

우쭐

40

잠시 후 친구들이 돌아가고,
간호사 언니가 주사약이 잘 들어가고 있는지 확인하러 왔어요

그런데!
간호사 언니가 크게 당황하며
말하는 거예요

아니,
이런!

이게 제 시간에
들어가야 하는데
왜 이러지?

약이 들어가는 속도가 정해져 있어서
그걸 함부로 조절하면 안 되는 거였던 거죠!

저는...

가만히 있었어요

뜨끔뜨끔

혼나기 싫잖아요...
↑
바보 + 소심쟁이

간호사 언니들이 두명쯤 더 와서 의논을 하더니
주사약이 정밀하게 들어가도록 조절해주는 거대한 기계들
어디선가 가져와서 설치하더군요

계속 이상하다고 중얼거리면서요

이상하네~

분명히
잘 맞춰 놨었는데...

그래도 저는...
가만히 있었어요

뜨끔

뜨끔뜨끔

일이 너무 커졌잖아요...

↑
진짜 바보+소심쟁이

그날밤,
원인 모를 고열 ─ 40°C가 넘는 ─ 때문에
주치의와 간호사 언니들이 쩌다 제 병실에 몰려오고
가족들은 통곡하기를 10분쯤...

또 다시 간호사 언니들이 아까의 "미스터리"를 이야기하자,
결국 저는 고백해버리고 말았죠

그때 모두들의 표정이란... 허허

용서해줘용

암튼 점차 열도 떨어지고 전 무사했어요
그럼 된거 아닌가요?!

후훗
어쩔거야

네, 단순한 사람 맞습니다 ◊

어설픈 의학지식은 조심하세요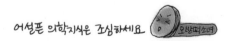

이런 건 묻지마

혼자서는 정말 많이 던져보는 질문이지만
다른 사람들에게서는 듣고 싶지 않은 질문들이 있어요

나름대로 대답은 하지만...

사실은 이렇게 말해주고 싶어요

그리고,

역시 나름대로 대답은 하지만...

진짜는 이렇게 말해주고 싶어요

왜 암에 걸렸는지,
이게 언제 다 나을지,
아니... 과연 낫기는 할지,

그런거,
본인이 혼자 생각하게 해 주세요

걱정해주는 마음은 알지만...

L언니를 만나다

사실 암환자들끼리는
잘 모르는 사이여도 어쩐지 통하는 것이 있어요

저분도 암이라고?
고생이 많으시겠다

저 어린
것이 암...

찌이잉

내가 한 그 고생을
저 차자도 다 했겠지
아이고 딱해라

찌이잉

뭐 이런 거지요 ◦

제가 암 진단을 받고 나서
처음으로 만난 암 친구(?)는,

응, 그래서
그 친구가 자기랑
같은 암이래
한번 만나봐

네, 알았어요

아는 언니의 소개로 만나게 된 L언니였어요

49

처음 만나던 날,

우리는 보자마자 그냥 친근감을 느꼈어요

ㄴ 언니가 맛있는 밥을 사주고,

헤헤

많이 먹어~

항암에 대해서 이런저런 이야기도 나눴어요

언니, 이건 식사대용 음료인데요~
전 항암하고 입덧두 못 먹을때
이거 먹으면서 버텼거든요...
언니도 맛보라고 몇개 가져왔어요

잘 들어가구
또 보자

우리 잘될거야
힘내자구!

네, 언니도요~

정답게 인사를 나누고 돌아오는 길에
저는 생각했지요

그래... 혼자가 아니야...

네, 우리는 혼자가 아니랍니다!

ㄴ언니, 고마워요

의사 선생님

환자에게 의사 선생님은 참으로 중요한 존재죠

마치 엄마처럼?

암 진단이 나오기 전,
이러저러한 증상으로 병원을 전전할 때는
의사 선생님들이 참 밉더라고요

저어...
회사에 내야 해서
진단서 좀...

딱히 뭐 쓸게
별로 없는데요

쯧

회사 옆 개인병원 의사 선생님
= 꾀병 취급한다

그게
어떤 식으로
아프냐면요~

흑흑

아 됐어요,
아프겠지, 그럼!

다음 환자!

S대 병원 정형외과 모 선생님
= 환자를 무시한다

병원 화장실에서 울기도 여러번...

페의 엑스레이 사진에서 무언가 발견되어
호흡기 내과의 L선생님께 가게 되었을 때에도
또 그런 의사 선생님이겠거니 했는데,

커튼 너머로 들려오는
할머니 환자와 젊은 의사 선생님의 대화...

저는... 감동했던 것이죠
시골 할머니의 이야기를 찬찬히 다 들어주고
맞장구도 쳐 주고 공감해 주시는 의사선생님이라니!

그리고 드디어 내 차례...

그래서 제가요,
이러이러하게 그동안
아팠거든요

그래요,
폐에 뭔가 있네요
검사를 좀더 해 봅시다

찡얼 찡얼

마음껏 이야기함

다 들어주심

아아, 이것은...

머, 멋있다

감동두배

나중에 목에 덩어리가 튀어나와서
결국 조직검사를 해야 할 때에도 완전 격려해 주시고

미리부터
걱정하지 말아요!

임파선에 생기는 병은
다 나을 수 있는 거니까,
다 치료할 수 있어요!

임파선 암으로 밝혀져서
혈액종양 내과의 다른 선생님께 옮겨진 후에도
매일 들려서 안부를 확인해 주셨어요

오늘은
좀 어때요

아주 좋아보이네

기록 보니까
땀을 많이 흘렸다던데

혈액종양 내과 선생님

어때요?

괜찮아요

그래요

그럼 이만

이게 전부인 보통 의사 선생님들과는 달리
제가 읽는 책이나 그런 것에도 관심을 보여주시고요

제목이…

그 책은
무슨 내용이지?
재밌어요?

57

저는 의대에 다니는 친구들에게
거듭 당부했어요

"너희들도 꼭 L 선생님처럼
자상하고 훌륭한 의사 선생님이 되어줘!"

L선생님, 완전 멋져요!

한편

L선생님? 결혼하셨지~
사모님 엄청 이쁘시대~

↳ S의대 인턴 중인 친구

아이코!

그럼
그렇지!

조금 실망한 오방떡 소녀였습니다 ♪

제발요

의사 선생님들,
환자에게 조금만 더
자상하게 대해주세요

오방떡소녀

옛날 영화나 외화 시리즈같은 걸 보면
혹시 이런 장면이 있지 않았나요?

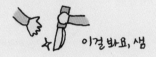

그래요, 숨기지 않을게요...

이걸 봐요, 샘

파, 파란색 피

(순식간에 마르는 눈물)

그, 그래, 세라
당신이 안 된다면
내가 떠나줄게

사, 사랑하지만
당신을 위해서 떠나는 거야

아무리 그래도
외계인은 곤란하지

안녕, 샘

고마워요...

안녕, 내 사랑...

옛날 영화는 무슨...
제 머릿속에나 있는 얘기죠

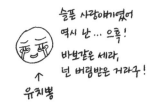

슬픈 사랑얘기였어
역시 난... 으흑!
바보같은 세라,
넌 버림받은 거라구!

↑
유치뽕

아무튼간에!
항암주사를 맞다보니 왠지 외계인이 된 느낌이 들더라고요

왜냐하면...

아, 화장실...
여기 끌고가기
귀찮은데...
에이 참

← 약이 계속 들어가니까
꼭 중간에 화장실이 가고 싶어져요

(두번째 주사부터는 입원하지 않고 낮병동에서 맞음)

지구인이라면 볼일 본 후 이래야 하잖아요

흥흥.

부끄러워서
구체적으로 얘기 하기가
좀... 그렇네요...

61

그러나 저는... 이렇더라구요

들어가는 약 색깔이 선-명한 파랑, 주황, 뭐 그렸는데
그 색깔이 그대로 나오는 거였어요

첫,

어쩔 수 없는 건 줄은 알지만,
약 색깔도 기분 나쁘고
소변 색깔도 섬뜩하고,

흣, 그래도
피는 빨간색이라
다행이야

소변에서 퍼져나오는 약 냄새도 너무 끔찍하고!

우욱,
이건 지구인의 냄새가 아니야
난 농약별에서 온 걸까.

이래저래 정체성을 고민하게 된

오방떡 소녀였습니다!

지구는
좋은 별이야..

허허...

우리... 보통사람 맞지요?   오방떡소녀

암은 암, 청춘은 청춘

회사에서 알고 지내던 Y군,
제가 아프다는 소식을 듣고 병문안을 왔더라고요

진짜 깜짝 놀랐어요
얼마나 걱정했는지 몰라요

← 조금 잘 생김 ◊

이 때 저는 S대 병원을 퇴원하고
두 번째 항암 주사를 기다리면서
부모님댁이 있는 대전의 작은 병원에서
좀 더 쉬고 있는 중이었거든요

저는 생각했죠

대전까지
병문안을
오다니...

정말 정 많고
좋은 사람이구나
아이, 고마워라

얼마후에 저는 다시 서울집으로 올라갔고
Y군은 종종 놀러오기 시작했어요
회사랑 집이 엄청 가까웠거든요

퇴근길에 양복을 쫙 입고 오는 Y군이
쪼끔 멋있어 보이려는 참에,
 룸메이트 H양도 Y군을 엄청
 좋아하고 칭찬하더라고요

H양... 미소년과 먹을 것에 특히 약한 H양!
잘 생긴 Y군이 맛있는 걸 들고 오니까
얼마나 좋았겠어요

Y군이 조인성을 닮아?
이런 이런...
케이크가 그렇게 좋더냐

어쨌거나 저쨌거나!
하루는 Y군이 이런 말을 했어요

나, 이런 생각까지 했어.
너가 계속 아프면,
평생 널 간호하면서 살아도
괜찮겠다고...

며칠 뒤에는 같이 TV를 보다가
문득 이런 말도 하고요

우리,
그냥 결혼할까?

물론 저는 코웃음을 쳤죠

무슨 헛소리야
우리가 안지
얼마나 됐다고

흥!

웃기셔~

그러나 내심 저는...

날... 좋아하나 봐아아아...

"너 시집은 다 갔다"라는 친구의 말에
의기 소침해 있다가,

그래, 이렇게 아파도
나 좋다는 사람이 있잖아!

라는 생각에 마구 들뜨던 마음-

그래요, 암은 암이고 청춘은 청춘인 걸요!

그렇지만 제가
남자보는 눈은 좀 없었던 것 같아요
오방떡 소녀

 긴머리, 안녕~

난소암으로 힘든 투병을 했던 S언니,

자고 일어나니까
꼭 가발 벗은 것처럼
머리가 다 빠져있더라고

← 이건 다시 난
진짜머리.
길고 풍성~

저는 그런 극적인 변화는 없었지만
자꾸만 머리가 빠지는게 은근히 신경이 많이 쓰이더라고요

자고 일어나면...

머리카락 수북

화장대에도...

특히 머리빗은
완전 처참

68

밥 먹은 자리에조차...

지저분—

특히 머리감고 나면...

손에 수세미처럼 엉켜있는
머리카락 뭉치

그런데도 아직 머리카락이 많다니
대체 뭘까, 인체의 신비란...

아직도
많네

정말
다 빠지려나

거울을 들여다보며 울적해하던 저는,
결국 머리를 짧게 자르기로 했어요

긴 머리카락보다는 짧은 머리카락이
여기저기 떨어져 있는게 낫잖아요

아아, 3년 동안 고이 길러왔던 내 긴머리...

※ 저는 가끔 혼자서 드라마를 찍어요

그런데!
머리를 짧게 자르고 나니 그것도 잘 어울리더라고요 !!

※ 네, 또 드라마 찍습니다

머리 자른 기념으로 좋은 레스토랑에서 밥도 먹고,
새로 개봉한 영화도 보고, 테이블 매직쇼도 보고~

아직까지는 기운 넘치는 오방떡 소녀!
오늘도 힘내자, 아자!

머리를 빡빡 밀고도
두상이 이쁘다고 흐뭇해했던
못말리는 오방떡소녀,
이 얘기는 나중에 더 할게요

헤헷

오방떡 소녀

백혈구, 힘내!

아시는 분들은 아시겠지만, 항암제는 그다지 똑똑하지 못해요

암세포를 알아보고 죽이는 것이 아니라
암세포의 특성—빨리 자라난다는 것—을 이용해서
그런 특성을 지닌 건 **죄다** 같이 죽여버린대요

이를테면 이런 거죠...

그래서 항암제를 맞으면 머리도 빠지고 입안도 헐고,
무엇보다도 **백혈구**가 죽어버려요

그런데 문제는...

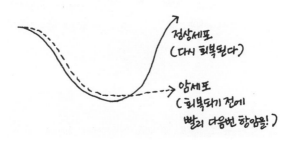

정상세포
(다시 회복된다)

→ 암세포
(회복되기 전에
빨리 다음번 항암을!)

이런 바람직한 곡선을 그리기 위해서는
백혈구 수치가 어느정도 회복되어야만 한다는 거예요

머리는 다 빠져도 잘 살수 있지만
백혈구가 없어서 면역력이 낮아지면...

암세포는 다 없앴는데
감기걸려서 기침 몇번하더니...
으흑... 그깟 감기가 뭐라고...

이런 일이 벌어질 수가 있으니까요

그런데 백혈구 수치는 생각처럼 회복되지 않고,
항암제는 또 제때 들어가야 하고...
이러면 환자나 의사나 초조해지죠

오늘은
백혈구가 좀 늘어서
항암을 할수 있을까...

시무룩

← 혈액검사 순번 대기표

저는 2주에 한번씩 항암을 하는 것이 원래의 계획이었지만,
백혈구 수치가 너무 안 올라가서 보통 3주,
어떨때는 4주까지도 기다려야했어요

한번은,

수치가 낮아서
오늘은 안 되겠네요
올라가는 중일테니
다음 주에 다시 와요

어휴~

네...

일주일 뒤,

이상하다 더 내려갔네요···
백혈구 촉진제를 처방해 줄게요
5일동안 그 주사를 맞고 다시 와야겠네요

갸웃

촉진제 맞으면 토할것 같던데···
그냥 안 맞고 담주에 오면···

핑─
또 못 하는거야?

아니,
꼭 맞아요!
담주에는 주사가 반드시 들어가야지!

(의사 선생님들은 환자가 말대꾸하는 걸 몹시 싫어해요)

흥이닷

네,
맞으면 될거 아냐

↑
금새 삐지는 성격

75

진료실을 나오면서 저는 마음 속으로 외쳤어요

백혈구야!
제발 기운좀 내!

으으~ 제바아아알~

누굴 닮아서 제 백혈구는 이렇게 말을 안 듣는 걸까요

풋 그걸
몰라서 묻니?

그래도... 백혈구 힘내!

백혈구 때문에 항상 노심초사했던
그 시간이 이제는 다 지나갔네요
오방떡소녀

그날 저녁에 Y군은 저를 예쁜 찻집에 데려갔어요
우리 둘다 기분이 좋았지요

그때 마침 회사에서 같은 팀이었던 K언니가
오랜만에 안부전화를 했어요

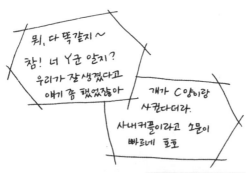

뭐, 다 똑같지~
참! 너 Y군 알지?
우리가 잘 생겼다고
얘기 좀 했었잖아

걔가 C양이랑
사귄다더라.
사내커플이라고 소문이
빠르네 호호

저는 순간 멍했어요

어머,
진짜루?

언제부터
그랬대요?
의외다, 호호

글쎄, 좀 된거 같은데,
오늘인가, 둘이 손잡고 가다가
동기들한테 들켰나 봐, 호호
너무 재밌지

〜 우리를 울고 웃고 용기 내게 했던 오방떡소녀를 기억하며 〜

오방떡소녀 조수진 작가 추모 특별부록

오방떡소녀의 행복한 날들

펴낸날 2011년 3월 17일 | **지은이** 조수진 | **펴낸이** 김선영 | **펴낸곳** 책으로여는세상 | **출판등록** 제 396-2008-000066 | **주소** (우)410-755 경기도 고양시 일산동구 중산동 1800 하늘마을 509-1801 **전화** 031-818-9917 | **팩스** 0505-917-9917 | **E-mail** chaekyeose@daum.net

오방떡소녀의
행복한 날들

- Part 3,4 에세이 모음 -

여행을 떠나요 p.162

'암환자'가 되고 나면
삶의 많은 부분에서 변화가 일어날 수밖에 없어요.
전에는 굉장히 좋아하던 일을 아쉽지만 포기해야 하기도 하지요.

몇십 년을 피워오던 담배를 쓰라린 마음으로 끊는 분들도 많으시고요,
(사실 이건 모두를 위해 몹시 좋은 일이라고 생각합니다! ^-^)
친구들과 어울려 기분좋게 한 잔 하고 싶어도
눈물을 머금고 돌아서기도 하고요,
한창 일을 해야 하는 나이에 회사를 그만두고 시무룩해지기도 하지요.

저는 여행을 참 좋아하는데,
그걸 포기해야 한다고 생각하니 너무 슬프더라고요.
그래서 항암 치료와 방사선 치료 사이의 쉬는 시간에
여행을 계획한 것이죠.
멀리는 못 가더라도 여행을 떠나는 그 설레임과
여행지에서의 두근거림이 그리워서요.
모두의 걱정 속에서 떠나긴 했지만 정말 즐거웠던 홍콩, 싱가폴 여행.
저는 지금도 치료가 다 끝나면 어디로 떠날까,
이곳 저곳을 꿈꿔 보면서 힘을 내고 있답니다!

암이라는 녀석 때문에 너무 많은 것을 미리 포기하지는 마세요!! ◊.◊/

여행에서 돌아온 저는 목과 쇄골 사이에 있던 덩어리가
커졌다는 걸 느꼈어요.
뭔가 숨쉬기가 거북하고 음식물을 삼키는 것이
어려워진 느낌도 들었구요.
아아, 그때의 공포는 정말 말로 하기가 어려워요.

그래도 그냥 느낌이겠지, 괜찮겠지, 하면서 검사를 받았는데
정말로 암세포가 커져서 항암을 다시 하자는 이야기에 받은 충격이란!

부작용이 너무 심해서 결국 그 항암은 한 번으로 끝났지만,
그때부터 암과 식생활의 상관관계가 높다는 걸
많이 생각하게 되었어요.
(끝까지 여행 자체가 해로웠다는 생각은 하지 않고 있습니다 ㅋㅋ)

여러분도 동물성 지방의 섭취는 조심, 또 조심하세요!

물고기 선생님 p.171

하핫, 울 언니가 이때를 생생하게 기억하고 있네요.

제가 병원에 가서 방사선 치료에 대한 설명을 듣고 난 다음에
엉엉 울면서 언니에게 전화를 했대요.
의사 선생님이 성대에 방사선이 들어가서
목소리가 허스키하게 변할 거라고 했다면서,
'내 맑고 고운 목소리(!)' 어떻게 하냐고 마구 울더랩니다.

그 이야기를 들으니 저도 이제야 기억이 나는데…
심장이 상할 수 있고, 폐가 상할 수 있고, 피부색이 변할 수 있고,
어쩌고 저쩌고,
기타 등등의 모든 부작용에 대한 설명을 듣고 나서도
가장 충격이었던 것이
바로 목소리가 허스키해진다는 거였어요!
아니, 아시는 분들은 아시겠지만, 조그맣고 찡찡거리는 제게
허스키한 목소리가 가당키나 하냐고요~
집에 돌아와서 저는 밤새 잠을 설치며 고민을 했어요.
이 목소리를 어디 녹음해서 남겨야 하나,
시라도 한 편 읽으며 녹음해 놓을까, 이런 고민ㅋㅋ

그러나 다행히! 제 목소리는 전혀 변화가 없었고요~
깔깔거리는 높은 톤의 웃음소리도 예나 지금이나 여전합니다! ◊.◊/

방사선 치료를 위해서는
먼저 방사선 쪼일 부위를 정확히 표시하는 것이 필요해요.
저는 월요일부터 금요일까지 한 주에 5번씩,
총 40번의 방사선 치료를 받기로 했고,
그렇다면 거의 두 달 동안
그 표시를 몸에 지니고 있어야 하는 거니까
병원에서 뭔가 그럴듯한 그림을 그려줄 거라고
은근히 기대를 했어요.
그러나 집에 돌아와 거울을 보니 그게 영 아니더군요 (ㅠ_ㅠ)
이건 뭐… 그냥 막 낙서한 느낌?

정말로 미대랑 제휴해서 이쁜 그림 좀 그려주면 어떨까요?!
네, 만화가랑 제휴하는 것도 괜찮습니다! ㅋㅋ

타인의 고통 p.182

우리가 시련과 고통을 겪어내면서 얻는 것이 있다면,
그건 바로 다른 사람들의 슬픔과 괴로움에 공감하는 마음이 아닐까 싶어요.
전에는 보이지 않던 다른 사람들의 어려움을 돌아보게 되고,
그게 어떤 것인지 알기 때문에 더 깊은 위로를 해줄 수가 있는 거지요.

그런데 반대로 나의 고통만이 가장 크다고 생각한다면
다른 사람의 고통에
"흥, 그까짓 거!"라는 강퍅한 반응을 보이게 될 거예요.
만화에 등장하는 친구는 암환자들을 많이 보는 과의 의사예요.
그렇기 때문에 보통의 의사들이 그렇듯
오히려 더 환자들의 고통에 둔감해지고,
진토제로는 가라앉지 않는 구토와 오심도 별 거 아니라고 생각했겠죠.
그렇지만 사실 저도 그 친구를 나무랄 자격이 있느냐 하면
그것도 아니죠.
'내가 더 힘들어, 내가 더 아파'하는 마음이 자주 들지만
표현 안 할 뿐이니까요.

내가 힘든 것을 생각하기 전에, 내가 상처받은 것을 생각하기 전에,
상대방의 마음도 한번쯤 생각해보고 이해해보려고 노력하는 것…
머리로는 참 간단한 그것이 실제로는 왜 이렇게 어려운 걸까요?

나의 고통만 고통이라고 생각하는
이 못된 마음을 버리고 싶어요… 오방떡 소녀

어머나, 만화를 그리며 그때를 더듬어보니 참 부끄럽네요.
제가 아는 것이 정말 없었죠? ㅋㅋ
물론 암호를 해독한 지금도
그 쪽지에 있는 내용을 다 지키고 사는 건 아니지만
그래도 자신만의 식생활 원칙을 세우고 지키는 건
참 중요하다고 생각해요.
이를테면 매일 아침 저녁으로 녹즙을 마신다든지
꼭 쌀밥 대신 잡곡밥을 먹는다든지
인스턴트 식품은 절대 피한다든지
좀 더 욕심이 있으신 분은 완전 채식을 한다든지 그런 거요.

저는 지금 독한 항암을 자꾸만 하면서
살이 빠지고 체력이 많이 떨어져서
일단은 '입에 들어가는 건 무조건 다 먹어라'라는
병원의 지시에 따라 아무것도 가리지 않고 먹고 있지만,
병원을 나가 있었던 2년 동안은 나름 철저히 식이요법을 지켰고
그래서 도움을 많이 받았어요.
관심이 있으신 분은 '암환자의 식생활'이라든지
다양한 키워드로 인터넷을 검색하셔도 좋고
주위에 식이요법 하시는 분들 도움을 받으셔서
한번 시도해 보시면 좋을 것 같아요. 이건 정말이에요!

오늘도 우리 모두 건강해지는 2010년이 되기를 소망하고 기도합니다!

비뚤어질테닷 p.192

네에, 이번 편은 한번 울 언니의 마음이 되어 그려 보았답니다.
'귀여운 울동생, 사랑하지 아니할 수가 없구나!'라는 대사는
물론 제가 썼지만,
언니의 속마음은 당연히(!) 이럴 것이라고 저는 확신하고 있습니다 ㅋㅋ

암환자의 가족들은 모두들 한번쯤 이런 생각을 해보았을 거예요.
'내가 대신 아파줄 수 있다면 얼마나 좋을까…'
사랑하는 사람이 고통스러워하는 모습을 곁에서 지켜보는 건
얼마나 힘든 일일까요.
우리 엄마, 아빠, 언니도 그런 생각을 하며
눈물을 얼마나 많이 흘렸을지 아니까
가족이 아파서 힘들어하시는 분들의 사연을 보면
더 많이 가슴이 아파요.

그렇지만… 이거 아세요?
암이라는 길고 고통스러운 병 때문에
'왜 하필이면 내가…'라면서 눈물이 날 때,
'엄마도, 아빠도, 언니도 아닌 내가 아파서 정말 다행이다'
라는 생각을 하면
그래, 이겨내야지! 이게 제일 나아! 라고 씩씩해질 수 있다는 거요…

환자보다 두 배 더 아파하고 두 배 더 힘내며 암과 싸워나가는,
모든 암환자의 가족분들께 진심으로 위로와 응원을 전하고 싶어요!

드디어 두 달 정도가 걸린 방사선 치료가 끝났지만 제 마음은
그리 편치 않았어요. 이번에도 '완전관해' 판정을 받지 못했거든요.
선생님께서는 죽은 암세포 덩어리일 확률이 높다고 당분간 지켜보자고
하셨지만, 언니와 저는 안심할 수가 없어서
제대로 건강생활을 해보자고 결심했죠.
그래서 떠나게 된 요양원… 그리고, 왠지 모르게 드는 처량한 생각.

우리가 탄 버스 뒷자석에서 울고 있었던 언니는 갓 결혼한 새댁이었는데,
모르고 있던 유전성 난치병이 결혼 직후에 발견되어서
요양원에 가는 것이었어요.
신랑과 통화하면서 서러운 마음이 북받쳐 눈물을 흘린 거구요.
요양원에 오신 분들 모두 이렇게 자신만의 사연을 담고 계셨어요.
자신이 아프리라고 생각한 사람은 아무도 없었지요.

그래요, 정말 인생은 아무도 모르는 건가 봐요.
불과 몇달 전만 해도 건강이 이렇게 소중한 것인지 생각도 못했고,
하루 하루를 의미 없이 흘려보내면서도 아까운 줄 몰랐어요.

그렇지만!
인생은 아무도 모르는 거니까 또 사는 의미가 있지 않을까요?
제가 이렇게 예전과는 다른 마음−감사한 마음−으로 삶을 살게 된 것,
만화를 통해서 다른 분들에게 조금이나마 웃음과 희망을 드리게 된 것,
(제 입으로 이런 말 하려니 부끄럽네요, 허허)
이런 것들만 봐도 정말 인생은 모르는 거 맞거든요! ◊.◊/

M군의 비밀 p.202

요양원으로 갈 때는 마음이 많이 싱숭생숭했지만
막상 요양원에 도착해서 하루하루를 보낼수록 잘 왔다는 생각이 들었어요.
음식도 믿어지지 않을 정도로 맛있었고
(너무 싱겁다는 분들이나 고기가 먹고 싶다는 분들도 많았지만요)
나을 수 있다는 희망을 주는 강의도 재미있게 들었고
(이상구 박사님의 '뉴스타트 센터'를 검색하시면 있어요)
날마다 설악산의 맑고 아름다운 풍경 속에서 산책을 하며
몸도 마음도 건강해지는 것을 느낄 수 있었죠.

그러나 무엇보다도 좋았던 건!
또래 친구들을 만날 수 있었던 것이었어요.
병원에 있으면 나이 드신 분들이 대부분이고,
저를 보면 다들 혀를 쯧쯧 차면서
"아니, 젊은 사람이 어쩌다 그랬어? 어디가 아파?"
물으면서 걱정해주시지만… 그 걱정과 관심이 항상 반가운 건 아니었거든요.
그래서 아무렇지도 않게 웃으면서 서로를 대할 수 있는
그러면서도 서로의 상황을 누구보다도 잘 이해하는
그런 친구들이 생긴 것이 얼마나 반갑던지요.

그래요, 암이라는 녀석이 조금 일찍 찾아오긴 했지만
그 녀석 때문에 이 소중한 젊음을 울기만 하면서 보낼 수는 없죠!
우리를 가엾다고 생각하지 마세요,
다들 이렇게 활짝 웃으면서 살고 있는 걸요!!

그래요. 알아야 될 일이면 자연스럽게 알게 될 것이고
시간이 지나도 알 수가 없다면 굳이 알 필요가 없는 일이겠죠.
그런데도 우리는 참 많은 것들을 알고 싶어하고,
그 때문에 다른 사람에게 상처를 주는 경우가 종종 있는 것 같아요.

제가 지난달에 항암 치료를 위해서 입원했을 때의 일인데요,
제가 병실에 들어가자
같은 병실에 계시던 아주머니가 물으시더라고요.
"아니, 이렇게 젊은 사람도 아픈가? 어디가 아파?"
그래서 저는 짧게 암이라고 대답했죠.
긴 얘기를 하기에는 좀 지쳐 있었거든요.
그랬더니 그 아주머니가 혀를 쯧쯧 차면서 또 물으셨어요.
"아이고! 병원에서는 뭐래? 나을 수 있대?"
사실 별 말 아닌데, 아픈 사람을 보면 누구나 물을 수 있는 말인데,
다 알면서도 저는 어쩐지 기분이 상하더라고요.
그런 일들이 너무 자주 있기 때문에 더 그런가 봐요.

몇마디 주고받으며 친해지면 어련히 알게 될 일을
꼭 보자마자 대뜸 물어야 할까요?
나랑 아무 상관도 없는 사람이 지나가는데 굳이 고개까지 돌려가며
"어머, 저 사람 머리 좀 봐. 아픈가 봐."하고 속삭여야 할까요?

가끔은 말하지 않는 것이 배려일 수 있다는 것, 기억해주세요~!

지금은 굳이 말하지 않으면 알아채지 못할 만큼 흉터가 희미해졌지만
이때만 해도 목 바로 밑에 붉고 진한 상처가 눈에 확 들어왔었어요.
그렇지만 사실 저는 별로 신경쓰지 않았고
가려야겠다는 생각도 없었어요.
흠 하나 없이 아름다운 얼굴을 가진 사람이라면
이 흉터가 옥의 티가 되겠지만,
저는 흉터 하나가 있다고 해서
뭐 별로 달라질 거 없는 사람이니깐요 ㅋㅋ

그런데 그 건강 강의를 하신 분의 이야기에는 속이 참 많이 상했어요.
누군가를 판단할 때에 흉터가 있다는 것이 그렇게 중요한 걸까요?
물론 그 분도 흉터 자체가 보기 싫기 때문에
환영받지 못한다고 하신 건 아녜요.
흉터는 '나는 이렇게 큰 병을 갖고 있는 사람이다'라고
광고하는 것이고
그렇게 아픈 사람을 며느리로 혹은 아내로 맞고 싶은 사람은
없다고 하신 거죠.
맞는 말이에요, 정말 맞는 말인 건 알아요.
맞는 말인 걸 알기 때문에
더 많이 속상하고 더 참을 수 없이 눈물이 난 거겠죠.

아무튼 저는 그 날 밤새 침대에서 훌쩍거리다가
그 요양원에서 겨울 내내 있으려던 계획을 접고
다음날 아침에 바로 비행기를 타고 집으로 돌아왔어요.
(소심한 사람입니다)

눈에 딱 띄는 곳에 보기 싫은 흉터가 있어도,
독한 약 때문에 얼굴이 붓고 머리가 다 빠졌어도,
갑작스런 입원 때문에 지키지 못하는 약속이 많더라도,
그래도, 나는 그냥 나일 뿐인데 말예요…

하루 아침에 불량품이 된 이 느낌,
나는 그냥 나일 뿐인데…

영국으로 p.222

와아, 이것이 벌써 2006년 초의 일이네요.
사실 저는 이때
미국에 있는 친구네 집으로 놀러가려던 계획이 있었어요.
그래서 미국 비자도 받고 두근거리며 여행 준비를 하고 있었는데,
아무래도 기침이 너무 심해지면서
눈물을 머금고 계획을 취소해야만 했어요.
그러자 언니는 잔뜩 시무룩해 있는 제게 조심스럽게
"영국에 정 오고 싶으면 오라"고 허락을 해줘서
(뭐, 기꺼이 환영하며 와라와라 한 것은 아니었다는 거죠 ㅋㅋ)
저는 다시 신이 나서 부푼 가슴으로 영국에 가게 되었어요.

언니를 보는 것도 좋고 영국에 간다는 것도 정말 좋아서
저는 마냥 웃으며 비행기를 탔지만
사실 이때 언니의 심정은 이랬다고 해요.
제가 처음 암이 발병했을 때 증상이 심한 기침과 흉통이었기 때문에
제가 다시 심하게 기침을 하자 '재발했구나!'라는 생각이 들었고,
당시만 해도 '재발은 곧 죽음'이라고 알고 있었기 때문에
억장이 무너졌던 거죠.

멀리 영국에서 저와 통화할 때마다
제 기침 소리에 눈물을 흘렸던 언니,
기어이 "여기까지 꼭 처제를 불러야 해?"라며
울먹이는 형부를 설득해서(형부, 지금 와서 생각하니 쪼끔 죄송해요 ㅋㅋ)
동생이 원하는 거라면 다 들어주자는 마음으로
영국에 오라고 한 거구요.

가끔 언니가 "그때 완전히 속았다"라며 허무한 미소를 짓긴 하지만
저는 그 덕에 완전 즐거운 여행을 할 수 있었어요! 올레!!

여행은 언제나 두근 두근!

 두근두근 p.229

세상 어느 누구나 부족한 점이 한두 가지씩은 있겠지만
그 중에서도 '건강'이 모자라다는 것은
조금 더 많이 부족한 점이 되겠지요.
그래서 가끔은 누군가를 좋아할 때
초라해지는 제 자신을 발견하기도 하고,
"사랑 따윈 필요 없어!"라고 외쳐보기도 하지만…
(네, 문근영이 외칠 때랑은 좀 다른 느낌이네요)
그렇다고 해서 암환자의 인생에는
로맨스(꺄아~)가 없다고 생각하면 안 되죠!

두근거림이 없는 인생은 얼마나 무미건조하겠어, 라는 핑계를 대며
오늘도 이 사람, 저 사람을 향해 두근대는 오방떡소녀입니다~ ㅎㅎ

내 마음은 또 다시 **두근두근**

헤헷

오늘은 부쩍
친해졌다…

콜록콜록 p.236

원래 암환자들은 어디가 조금만 아파도 금방 불안해져요.
갑자기 두통이 생기면 '뇌에 전이된 건 아닐까'라며 안절부절못하고,
소화가 안 되거나 배가 아플 때에도
'위나 장에 전이된 건 아닐까' 생각해요.
사실 알고 보면 별 것 아닌 경우가 더 많은데도
혹시 하는 마음은 어쩔 수 없나 봐요.
(요즘 피부에 조금 트러블이 생겨서 "항암제 부작용인가 봐요"하고 울상을
지었더니 Y 언니가 왕무시하며 "너 요즘 화장 진하게 하고 놀러다녀서 그래"
라고 하더군요 ㅎㅎ)

그러나 이때의 기침과 가래, 흉통은
그냥 넘기기에는 너무 이상했어요.
설마, 설마 하면서도 마음 한 구석에서 커져가던 불안…
그래도 힘내야죠, 봄이 오고 있으니까요! ◊.◊/

시편 23편 p.241

병원 치료가 힘겹고 우울할 때나 고통이 심할 때에는
뭔가 다른 것에 정신을 집중하는 것이 큰 도움이 되는 것 같아요.
대표적으로는 TV를 보는 것이 있겠구요(효과적이죠!)
마음속으로 노래를 부른다거나 하는 것도 좋지요.
그 중에서도 저랑 언니는 성경 말씀을 외우는 방법을 택했어요.
평화롭고 아름다운 분위기의 시편 23편이요.
그런데 언니랑 있을 때는 쉽게 외워지던 그 말씀이
정작 필요한 상황에서는 왜 그렇게 떠오르지 않던지…
계속해서 무서운 생각만 들고 그래서 그 때 참 많이 울었어요.

그런데 기관지 내시경을 하면서 그렇게 힘들고 무서울 때
누군가가 허공을 휘적거리던 제 손을
꼭 잡아주었던 것이 생각이 나요.
의사 선생님 옆에서 보조하시던 분들 중 한 분이었던 것 같은데
지금 생각해도 그 분께 정말 정말 감사해요.

아, 그리고! 이 만화는 2006년의 일을 그리고 있구요,
(그러니까 지금 '오방떡 어쩌나' 걱정하지 않으셔도 됩니다~ ㅎㅎ)
어두운 이야기가 조금 나오지만
그 후에는 핑크빛 연애담이 등장하니까
여러분, 편안한 마음으로 재밌게 읽어주세요!! ◊.◊/

폐렴이라니 p.248

스테로이드는 잘 쓰면 만병통치약이 되지만
이런저런 위험한 부작용이 너무 많은 것 같아요.
(사실 만화에 그린 부작용은 애교죠, 네~)

자가면역질환이 있으신 분들, 골수이식을 하신 분들은
스테로이드를 장기복용하는 경우가 많은데 너무 고생이 많으시죠.
약간의 땀이 나는 운동을 꾸준히 하고 물을 많이 마시는 것이
그런 부작용을 완화하는 데 도움을 준다고 해요.

여기까지 읽으신 분들, 어서 생수 한 컵 쭈욱 들이키고!
운동화 꽉 조여매고 산책 나가시는 거 어떨까요?! ◊.◊/

스테로이드 투약의 부작용
달님같은 내얼굴
예쁘기도 하지요 ♪

정말 폐렴일까 p.254

오늘은 격리병동에도 나름의 즐거움과
유~머가 존재한다는 이야기를 해 드릴까 해요.
생각해보니 조금 부끄럽기도 하지만, 뭐 어때요. 젊음이 그런 거지요~ 히힛 ().◊

제가 면역력 저하로 S대 병원 격리병동에 입원해 있을 때에(4년 전이죠)
같은 병실에는 저보다 조금 나이가 많은 언니 두세 명이 함께 있었고
옆 병실에 있는 오빠를 간병하는 제 또래 친구도 하나 있었어요.
그때 우리는 컨디션이 괜찮을 때 옹기종기 모여서 수다를 떨곤 했는데,
주제는 주로… 인턴 선생님과 레지던트 선생님에 관한 것이었죠!
달마다 바뀌는 선생님들을 나름대로 채점(ㅋㅋ)하는 재미가 쏠쏠했어요.

"아무개 선생님은 머리가 너무 커서 버섯돌이 같아. B정도?"
"아냐, 흰 가운 효과에 속으면 안 돼. 밖에서 봤으면 C야, C."

이런 실없는 대화를 나누면서 키득키득 좋아하는 것이죠.
그중 이번 편에 등장한 꽃미남 주치의(레지던트) 선생님은 인기 최고였어요!
잘생긴 것뿐만 아니라 정말 상냥하고 자상하셨거든요.
우리는 만장일치로 그 선생님께 A⁻를 드렸지요.
그렇게 멋지다면서 왜 A가 아니고 A⁻가 되었냐고요?!
그것은…굉장한 눈썰미의 소유자였던 모 양의 한마디 때문이었죠.

"근데 그 선생님, 왼손에 커플링을 끼고 계시더라고요."

…임자 있는 사람은 싫어요, 아무리 내 사람이 될 수 없다 해도…
이것이 모든 여자의 마음? ㅋㅋ

헤헷, 다시금 암은 암이고 청춘은 청춘~
그야말로 달콤한 고민에 빠져 있던 시간입니다! ◊.◊

벌써 4년 전의 일인데도, 그때를 생각하니 저절로 미소가 나오네요.
절친한 친구의 냉정한 충고를 듣고도 변함없이 자상하던 P군,
우리는 그 후 어떻게 되었을까요?! ㅋㅋ

재발이라니 p.266

아이고, 이런!
알콩달콩한 연애담 사이에 다시 어두운 이야기가 그려져 버렸네요.
만화를 올리다 보니 인생은 롤러코스터 같다는 말이 문득 떠올랐어요.

인생은 롤러코스터 같다… 뭐, 새로운 표현은 아니지만,
최근에 두 군데서 이 말을 다시 새겨들었어요.
하나는 휠체어 농구의 세계를 그린 만화책 '리얼'에서,
그리고 또 하나는 '남자의 자격'에 나온 김국진 씨의 강의에서요.

'리얼'의 이야기를 먼저 해보면요,
골육종으로 다리를 잘라낸 주인공(십대 소년)이
절망에 빠져 하루하루를 보내는데
어느 날 병원에서 마주친 또래 소년과 친구가 됩니다.
그 소년은 자신은 희귀병으로 점점 신체기능이 약화되다가
스무 살쯤에 죽게 될 거라고,
오코노미야키를 구워 먹으면서 아주 담담하게 이야기를 해요.
주인공이 충격에 휩싸여
어떻게 그렇게 아무렇지도 않을 수가 있냐고 묻자,
소년은 이렇게 말해요.

"롤러코스터를 탈 때, 앞으로 몇 분 후면 끝나겠지, 또 몇 분 후면 끝나겠지, 하고 남은 시간이 얼마쯤 될까만 생각하면서 탄다면
과연 롤러코스터를 즐길 수 있을까.
내 인생이 얼마가 남았는지 그런 건 중요하지 않아.
살아있는 동안에 이 삶을 즐기면 돼."
(사실은 대사가 정확히 기억나지 않지만, 이런 의미를 담고 있었어요)
전 이 부분을 읽으면서
얼마나 쿠쿵 하고 가슴이 뛰며 펑펑 울었는지 몰라요.
제가 만화를 통해서 하고 싶은 이야기가 딱 이거니까요.

그리고 김국진씨는 또 이런 강의를 해 주셨죠.
인생이 롤러코스터 같다고 생각하기에
내리막을 갈 때에도 낙심하지 않는다고요.
내리막이 있으면 또 그만큼의 오르막이 있을 거라고 믿는 것,
그래서 내가 오르막에 있건 내리막에 있건 그저 열심히 살면 된다는 것.
역시 마음에 남는 훌륭한 말씀이었어요.

자아, 2006년 당시 암 재발 선고를 받은 절망적인 순간은 곧 지나가고
조금만 기다리시면 연애담, 다시 나온답니다~! ㅎㅎ

견딜 수 없어서 p.271

아아, 자꾸 어두운 이야기가 나오니 저도 죄송하고 안타깝네요.
그래도 기다리고 기다리면 핑크빛 이야기가 나오고 만다는 것! ◊.◊/

병원 치료를 그만둔다고 했을 때 모든 사람이 미쳤다고 했지만
부모님과 언니는 제 절박한 마음을 눈물로 이해하고
결국 동의해주셨어요.
그로부터 몇년이 지나 다시 '항암치료'라는 제자리로 돌아왔지만
저는 그때의 결정을 후회한 적은 단 한 번도 없습니다.
치료를 그만두고 요양원을 다니며 혹은 가족과 함께 있으며 얻게 된
감사한 마음, 단단한 마음, 희망을 믿는 마음이 없었다면
지금의 이 치료-그때보다 몇배 더 힘든-를 견뎌낼 수 없었을 거구요,
또 그때 무리하게 치료를 계속했더라면…
암보다도 항암치료 때문에 죽었다는
숱한 사례 중 하나가 되었을지도 몰라요.
주변의 비난과 공격, 설득과 호소를 다 들어가면서도
절 위해 어려운 결정을 내려준 가족들의 깊은 사랑이 정말 대단하지요.

살고 싶은데 p.279

죽는다는 생각을 하면 참 무섭죠.
죽을 때 참을 수 없이 고통스러운 통증이 있을까 봐 무섭기도 하고,
죽은 후에 남겨질 가족들의 아픔과 슬픔이 걱정되기도 하고,
죽음 후에–이 익숙한 세계를 떠나면– 무엇이 있을까 하는 두려움도 있고요.

전 하나님을 믿고 천국을 믿지만,
그래서 죽음 후에 더 아름다운 '진짜' 세계를 만날 것을 알지만,
그래도 여전히 죽음에 대한 두려움을 떨쳐낼 수는 없었어요.
무엇보다 죽고 나면 이 세상에서는 두 번 다시 언니를 볼 수 없다는 것이
생각만 해도 눈물이 펑펑 쏟아지는, 가장 가슴이 미어지는 일이었어요.

아무리 마음을 비우고 각오를 단단히 하고 병원을 나왔다 해도
어쩌면 조금쯤의 기적이 있지 않을까 하는 기대를 버릴 수는 없었어요.
이제 나를 살릴 분은 정말 하나님밖에 안 계시구나, 하는 생각에
저는 노트에 기도제목을 써 놓고 정말 간절히 기도했어요.
1년만, 딱 1년만 더 살게 해 달라고요.
병원에서 절 데리고 나온 가족들이 너무 슬프지 않도록
어떻게든 1년만 제 생명이 붙어있게 해 달라고요.
그것이 2007년 한 해의 기도제목이 되었어요.

그리고 짜잔~ 보세요! 지금은 2010년!
(네네, 한국이 월드컵 사상 최초로 원정 16강을 달성한 2010년입니다)
하나님께서 어려운 고비 고비마다 살 길을 내주시고 힘을 주셔서
전 이렇게 잘 살아 있고 행복함과 감사를 가득 느끼고 있습니다.
여러분도 살 길이 없다고 느껴지고 막막함과 고통에 휩싸여 있을 때에
창조주 하나님을 생각하고 그분께 힘을 받으셨으면 좋겠습니다.

요양원으로 p.284

병원에서 퇴원한 지 얼마 안 되어 체력이 몹시 약한 상태였는데도
저는 P군이 영국에 돌아가기 전에 꼭 한 번 더 보고 싶었어요.
P군도 같은 마음이었는지 대구집에서 대전으로 절 보러 와 주었구요.

우리는 함께 대전동물원과 뿌리공원을 천천히 산책했어요.
가을이 막 다가온 무렵이라 선선한 바람이 기분 좋게 불어오고
하늘도 나무도 꽃도 풀도 모든 것이 아름다웠죠.
벤치에 말없이 앉아 저는 P군의 손을 잡을까 말까 망설였어요.
(알고 보니 P군도 그때 제 손을 잡을까 말까 계속 생각했대요 ^-^)
그렇지만 참 수줍었던 우리는 끝까지 손은 잡지 못했고
약간은 애틋하고 아쉬운 이별을 했지요.

그리고 시작된 요양원 생활!
낙엽이 떨어지고 앙상해진 나무들을 보며 마음이 약해지기도 했지만
그래요, 소중한 사람들을 생각하면서 힘내야겠다고 다짐했어요.
아자아자 화이팅!!!

음하하,
살다 보니 제가 이렇게 염장 지르는 만화도 올리게 되는군요 ◊.◊

지금은 헤어졌지만
(여느 연인과 다를 바 없이 만나고 연애하고 또 헤어진 거지요)
P군을 떠올릴 때마다 항상 감사한 마음이 들어요.
이렇게 부족한 절 좋아해주고 아껴준 순수한 마음이 아니었다면
저는 외로운 요양원 생활을 금방 포기했을 것 같아요.
언니도 제 건강이 그렇게 금방 좋아진 것은
다 P군 덕분이라고 하더라구요.

여러분, 연애합시다! 안되면 짝사랑이라도!!(꺄아)
그것도 안되면? 아이돌 사랑에 빠져보시는 것도 추천이죠 ㅋㅋ

사랑의 힘이던가 p.296

좋아하는 사람이 있으면 세상이 참 아름다워지죠? ㅋㅋ
가만히 있다가도 실실 웃게 되고
그 사람 생각하며 좋아서 어쩔 줄 모르고요.

빨리 건강해져서 같이 놀아야겠다는 생각에 밥도 더 많이 먹고,
통화를 하겠다는 일념 하나로 힘든 줄도 모르고 산길을 뛰어올라가던,
그때의 마냥 행복하던(사랑에 빠지면 이런 맛이 있어야죠!)
절 생각하니
이런이런, '엄마 미소'가 절로 나오네요.

언젠가도 이야기했지만, 맞아요,
두근거림이 없는 인생이란 얼마나 무미건조하겠어요!
오늘의 만화 배경음악은 김동률의 '아이처럼'이 되겠습니다~
(지금 스피커에서 흘러나오고 있어요. 너무 좋아요!)

죽음은 늘 가까이에 p.301

삶이란 게 참 불공평하게 느껴질 때가 있지요?
어떤 사람들은 고통 중에도 사랑하는 사람들을 위해 살려고 아등바등하는데,
또 어떤 사람들은 사랑하는 사람들을 남겨놓고 훌쩍 목숨을 버리기도 해요.

예전에 어느 잡지사와의 인터뷰 중에 이런 질문을 받았어요.
아무리 암에 걸린 지금을 행복하고 감사하게 산다 해도
함께 투병을 하다가 완치된 친구들을 보면 속이 상하지 않냐구요.
그렇죠, 사실 왜 안 그렇겠어요. 부럽다는 생각이 들지요.

그렇지만!
생각해보면 우리는 모두 죽음을 가까이 두고 살아가요.
오늘 웃는 얼굴로 헤어진 사람이 내일이면 사고로 세상을 뜰 수도 있고,
너무나 건강해 보이던 사람이 한순간에 쓰러져 허망하게 갈 수도 있어요.
그런데도 우리는 마치 영원히 살 것처럼 하루하루를 그냥 흘려보내죠.
그런 면에서 저는 어쩌면 남들보다 더 풍성한 인생을 살고 있는지 몰라요.
투병 중의 고통이 깊은 만큼, 지금처럼 건강이 좋을 때는 그만큼 기쁨도 커요.
남들에겐 당연하게 느껴지는 일들이 제게는 커다란 감사로 다가오고요.
그렇기 때문에 아프다는 것이 제게 불행이 되었다고 생각하지 않아요.

삶은 소중해요. 누구에게나 똑같이 소중해요.
지금 힘들어서 딱 죽고만 싶다 하는 분들이 계시다면
부탁이에요, 제발 그런 생각하지 마세요.
하루하루 충실히, 뭔가 의미를 찾으면서 힘차게 살아가주세요!

오방떡소녀 이야기 2부가 드디어 완결되었습니다!
마지막화에 어떤 이야기를 넣을까 고민을 많이 했었는데요,
고통을 통해 더 깊은 사랑을 배울 수 있다는 말씀을 드리고 싶었어요.

진호 어머니께 하나님의 한없는 사랑을 전한 그 아주머니처럼
저도 부족한 만화를 통해
조금이나마 사랑을 나눌 수 있었으면 좋겠습니다.
말로만 하는 사랑 말구요, 행동과 삶을 통해 보여지는 사랑.
그동안 재밌게 읽어주신 분들, 응원과 위로를 보내주신 분들께
항상 진심으로 감사드립니다!

오방떡소녀의
무균실 일기

이렇게 궁금해하시는 분들을 위해

간단히 설명하자면 이렇습니다!

암세포 발견

으하하

여긴
우리가
접수했삼~

항암치료 후

내가
졌다!

이겨냈다

끌까닥

(정상세포들)

완치

잘 살아보세

룰루랄라

이것이 보통의 항암치료이지만

암세포 발견

으하하

여긴
우리가
접수했삼~

항암치료 후

내가
졌다!
풀까닥

이겨냈다
(정상세포들)

재발

어흥~
우리가
죽은줄
알았지!

으악
으흐흑

자꾸만 이렇게 되는 경우에는
결단을 내리게 되죠

고용량 항암치료

→ 암세포고 정상세포고 뭐고 다 죽여버림

그러나 조혈모세포 (골수)까지

함께 죽어버리면 안 되기 때문에

그전에 미리 채취해 놓았던
자신의 골수를 다시 넣어서
몸에 뿌리내리게 하는 것입니다

골수이식

황량

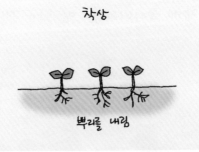

착상

뿌리를 내림

완치

이렇게 되기를 기대하면서요

자아, 완치를 향해 GO GO!

END

"골수이식이 잘되었다니 다행이다. 맞는 골수는 어떻게 찾았어?"
의외로 이런 질문을 하시는 분들이 많아서
다시 글을 남겨봅니다~ㅎㅎ

골수이식에는 자가이식과 타인이식(동종이식)이 있어요.
타인이식은 보통 여러분들이 생각하는 골수이식으로
내 골수를 죽이고 다른 사람의 건강한 골수를 받는 것이고,
자가이식은 자신의 골수를 빼서 고용량 항암 후에 다시 넣는 거예요.
(왜 그러는지는 만화에 잘 나와 있지요? ^-^)

그러니까 저는 다른 사람의 골수를 받은 것이 아니고
물론 맞는 골수를 찾거나 기다리는 과정도 없었죠.
아, 그런데 예전에 검사했던 결과에 따르면
언니랑 골수가 맞는다고 하니까
만약에(정말 만약에…후덜덜) 필요한 경우가 생긴다면
언니 걸 받을 수 있어요.(그렇지만 그런 일은 제발 없어야 할 텐데요!!!)

만화 재미있게 읽어주시고,
쏙쏙(!) 이해된다고 말씀해주시는 분들께
언제나처럼 정말 정말 감사드려요~ ◊.◊/

히크만

골수이식 수술을 위해서는
히크만 수술을 받아야 했다

쇄골 아래 큰 혈관과 이어지는
호스 (카테터, 히크만)를 삽입한다

겉에서 보면 대략 이렇다

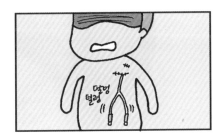

이 호스를 통해
조혈모세포 (골수)도 채취하고,
항암제도 넣고, 채혈도 하고,
수혈도 받으니까 꼭 필요한 것이다

피할 수 없음

몸 속에 그런 것이 들어간다는게
너무 끔찍하고 무서웠으나

히잉

※ 수술을 기다리던
간이침대 위에서
조금 울기도 했다

막상 수술을 하고 나니
  농부가 된 마음이 들어 위로를 받을 수 있었다

땅에 농작물을 심듯 몸에 파를 심은 느낌?

그러나 이식만 끝나면
  잡초처럼 매정하게 뽑아낼 예정!

히힛   미안,
     추수는 못해줘

END

아아, 정말 피할 수만 있다면
어떻게든 피하고 싶었던 히크만 삽입!
그러나 골수이식을 위해서는 어쩔 도리가 없더라고요.

수술대 위에서 나도 모르게 눈물이 나서 훌쩍거리고 있는데,
그곳의 선생님 한 분이
제 눈가를 살살 닦아 주시면서 말씀하셨어요.

"골수이식 하시는 거죠? 걱정 마세요, 잘될 거예요.
저도 다음 주에 골수기증 하러 서울 올라가요~"

그 다정한 말에 저는 크게 감동해서 더욱 눈물을 흘렸더랬죠.
(그 선생님 참 훌륭하신 분인 것 같아요!)

인생의 많은 일들이 그렇듯 히크만 수술 역시 하고 나니까
뭐, 할만한 거구나, 하는 생각이 들었습니다!
무슨 일이든 미리 겁먹고 걱정하지 말아야겠어요. ^-^

들어섰다

처음 무균실에 발을 들이던 순간

스르륵

안내해 주시던 간호사 선생님이
장난스럽게 말씀하셨다

지금 병실에 들어가면
앞으로 한동안은 밖으로
못 나오는 거예요

아, 그렇구나!

어쩐지 결연한 표정이 되었다

신중하게 병실에 발을 들이며

쿠쿵

영화 "킹콩"에서 슬로우 모션으로 나오던

여자 주인공이 배에 올라타는 장면이 떠올랐다

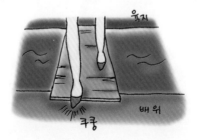

아... 나, 그 여주인공 같고나

… 많이 다르단다

END

준무균실과 완전무균실(BMT실, 골수이식실)은
느낌부터가 달라요.

준무균실은 격리병동이긴 하지만,
병실에서 복도로 나와 거닐 수도 있고
다른 병실에 살짝 놀러가 수다를 떤다거나
뭐 그런 것도 할 수 있는데
완전무균실은 정말로 병실 안에
완전히 혼자 갇혀 있는 거니까요.
그래서 무균실에 들어서는 그 한 발짝의 무게가 대단했죠!

영화 "킹콩"에서 여주인공이
영화촬영지로 향하는 배에 올라탈 때
되돌릴 수 없는 걸음이라는 느낌으로
쿠쿵~ 슬로모션이 걸렸었는데
저도 나름 그런 느낌을 살려서 신중하게 병실에 발을 들였어요.
피할 수 없는 운명을 굳세게 받아들이는
영화 속 여주인공이 된 느낌으로!

그러나…네네,
그 여주인공과는 여러 가지로 많이 다르죠~ ㅋㅋ

매트릭스

무균실에 들어오려면
1회용 모자, 1회용 마스크, 1회용 덧신을
구비해야 한다

ex) 간병인의 차림
— 울엄마도 이러고 계시다

그러다 보니 이건 마치)

매트릭스를 보는 것처럼

간호사 선생님들이 다 똑같아 보인다

무균실 담당하시는 다섯분을 구별하게 되기까지
일주일이 넘게 걸렸다는...

몸은 좀 나아졌어요?

네에...

오오,
누군지 알겠어!

END

처음 무균실에 들어간 날의 일이었어요.
병실에 들어가 싱숭생숭한 마음을 달래며 두리번거리던 저는
복도에 분홍색 간병인복을 입은 엄마가 지나가는 것을 보고
반가운 마음에 창문 가까이로 다가가 "엄마!"하고 외치려 했지요.
그런데 그 순간 창 쪽으로 고개를 돌리며 살포시 웃는 그 분!
아아, 옆 무균실에 계시던 할아버지의 보호자시더군요~
저는 깜짝 놀라 입을 다물고 방긋 미소로 화답했어요.
어쩜 울 엄마랑 체형까지 그리 비슷하시던지 이거 참 ㅋㅋ

그리고 간호사 선생님들! 이건 완전 제대로 스미스!!
일주일쯤 지날 때까지 당췌 누가 누군지 알아볼 수가 없어서
2AM 이야기나 제 만화 이야기나 뭐 그런 잡담을 한마디씩 할 때마다
"저어, 제가 이 이야기를 선생님께 이미 했던가요"하고
물어야만 했답니다.
(아마 선생님들은 절 굉장히 깜박깜박하는 애로 생각하셨겠죠 ㅠㅠ)
그러나 신기하게도 며칠이 지나 얼굴들이 대충 눈에 익고 나자
아무리 모자와 마스크, 똑같은 유니폼으로 중무장을 해도
다 알아보겠더라고요!

아무튼 날마다 새로운 발견을 해대는
즐거운(이건 조금 뻥) 무균실 생활입니다~! ◊.◊/

개줄

병원에 입원하면
주사약을 걸어놓은 거치대와
한 몸이 되어 다니게 되는데

합체

파워업 효과는 없다 ♂

무균실에 들어오자

거치대는 병실밖에 있고
벽에 뚫린 작은 구멍으로
주사줄이 들어오게 되었다

간호사 선생님이 상냥하게 말씀하시자

나는, 뭐랄까,

착한 주인을 만나

목줄이 길-게 매어진
개가 된 느낌이 들었다

END

병실에 입원하면
거치대(여러 가지 명칭으로 불리죠)를 끌고 다니기가 참 불편해요.
그런데 무균실에 들어가면서는 병실 밖에 거치대를 두고
벽에 뚫린 작은 구멍으로 링거줄이 들어오게 되었어요.

처음에는 뭔가 허전하기도 하고,
링거줄이 바닥에 질질 끌리는 것이 신경 쓰이기도 했는데,
음~ 역시 조금 지나니 완벽 적응이 되면서 참 편하더라고요~
줄이 길어서 병실 안을 이리저리 다니기에 넉넉하고
두 손이 다 자유롭고요.
그러니… 길~게 줄이 매어진
한 마리 강아지가 된 느낌은 뭐… 애교죠!ㅋㅋ

쾌적하지만

무균실은 단출하지만 있을 건 다 있다

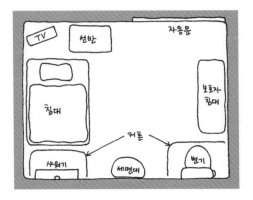

참 편리하고 쾌적하다

그렇지만

... 그래도 싫어, 무균실은 ◊

체조

보호자 침대에 멍하니 앉아있던 나는

기운을 내야겠다는 생각이 들었다

힘을 내려고
　　노래를 지어부르며 체조를 했다

기운차지 않았다

방을 굴러보았다

...결국 힘이 나지 않았다

END

음악을 들어요

무균실에 가지고 들어온 빨강 티볼리에
MP3 플레이어를 연결해서

임형주가 부른 "Tears In Heaven"과
"A Thousand Wind"를 듣고 나니

마치 잠시 어딘가로 나들이를 다녀온 듯

행복한 기분이 되었다

세상에 음악이 없었으면
어쩔 뻔 했어 ~

END

헤헷, 여러분 즐거운 추석 연휴 보내셨나요?
제가 포스팅이 늦은 이유는…
바로 대상포진이라는 녀석 때문인데요,

면역력이 약해지면 생기는 이 대상포진이 제게도 찾아와서,
징그러운 수포가 왼쪽 머리통과 목줄기를 따라 마구 생긴 데다가
욱신욱신 따끔따끔한 통증이
절 아무것도 하지 못하게 만들었어요.
"이 아픔을 견디는 것만으로 난 장한 일 하고 있다"랄까…훗 ㅠㅠ

오늘은 조금 통증이 가라앉아서
정신을 차리고 포스팅을 해봅니다.
재밌게 읽어주세용~~ ().()/

 정신과 시간의 방

언젠가 TV의 모 프로그램에서

MC가 창민군*에게 묻자

*2AM의 이창민군 ♡

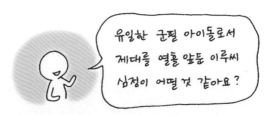

유일한 군필 아이돌로서
제대를 열흘 앞둔 이루씨
심정이 어떨 것 같아요?

창민군은 이렇게 대답했다

그걸 보며 깔깔 웃었었는데

... 그랬는데,

여기는 정신과 시간의 방 ♪

*덧붙임 : 이걸 그릴 때만 해도 이루가 전역 후 그렇게 루머의 소용돌이애 휘
  말릴 줄은 몰랐다능… -_-;;

없는 것

일반 병실에서는 당연히 있었던 것들이
무균실에 없다는 것을 발견했다

① 거울

세면대 위에는 보통 이렇게
거울이 붙어있기 마련인데

↳ 꼭꼭 밀봉되어 있음

여기는 그 자리에
바깥이 보이는 창문이 있다

왜지?

이식 부작용으로
황해진 얼굴을
보지 말라고?

2 벽시계

병실 한쪽 벽에 늘 걸려있던
벽시계도 여긴 없어서

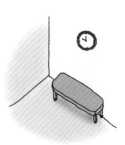

복도 쪽으로 난 창문 앞으로 가야만
시간을 확인할 수 있다

정신과 시간의 방이라서
그런 것인가!

역시,

음모야!

이유는 모르겠지만 불편하다고요~

END

 만나

모세와 함께 이집트를 탈출한 이스라엘인들이
광야에서 하나님께 부르짖었다

그러자 하나님은 그들에게
매일 새벽마다 만나*를 내려주셨다

*만나 : 아침마다 하늘에서 내려온 양식으로
밀가루처럼 생겨서 굽거나 쪄 먹었다고 한다

무균실에 갇힌 오방떡 소녀도
하나님께 부르짖었다

그러자 하나님은...

매일 새벽 히크만 소독과 피검사를 하려오는
잘생기고 상냥한 **남자** 인턴 선생님을
보내주고 계시다

모두들 기도합시다 ◊

무균실을 나가서 본 인턴 선생님,
역시 귀엽고 친절하셨다

END

*잠깐 퀴즈 : 지금 저와 인턴선생님은 어떻게 지내고 있을까요?! ◊_◊ 헤헤~

고용량 항암이 들어가던 날을 시작으로
그간의 무균실 생활을 정리해 보자면

DAY 1 - DAY 6   6일동안 고용량 항암제 투여

> 끄으응

DAY 8 - DAY 9

미리 채취해 놓았던 조혈모세포를
이틀에 나누어 이식 (자가골수이식수술)

> 냄새 나

~ DAY 20

부작용 견디기

우욱   우웩

물과 음료수 약간 말고는
아무것도 안 먹는데도
계속 위액까지 다 토하고

머리가
너무 아파

헝써

처음 겪어보는 찡-한 두통에
몸부림치며 피로워하고

아 ―

날마다 먹는 한 웅큼의 약과
주사로 들어가는 냄새나는 항생제

 회복기

어느새 두통이 사라지고

몸이 조금씩 회복되는 느낌

DAY 26 무균실 탈출, 준무균실 입성

~ DAY 33

다시 만난 거치대와 함께
틈날 때마다 병원 복도 산책

입맛도, 소화기능도 돌아오기 시작

드디어 퇴원!

간호사 선생님들이 준비해주신 골수이식 축하 케이크

이렇게 해서 무사히 마친 골수이식!

END

삶이란 게 참 불공평하게 느껴질 때가 있지요?

어떤 사람들은 고통 중에도 사랑하는 사람들을 위해 살려고 아등바등하는데,

또 어떤 사람들은 사랑하는 사람들을 남겨놓고 훌쩍 목숨을 버리기도 해요.

예전에 어느 잡지사와의 인터뷰 중에 이런 질문을 받았어요.

아무리 암에 걸린 지금을 행복하고 감사하게 산다 해도

함께 투병을 하다가 완치된 친구들을 보면 속이 상하지 않냐구요.

그렇죠, 사실 왜 안 그렇겠어요. 부럽다는 생각이 들지요.

그렇지만!

생각해보면 우리는 모두 죽음을 가까이 두고 살아가요.

오늘 웃는 얼굴로 헤어진 사람이 내일이면 사고로 세상을 뜰 수도 있고,

너무나 건강해 보이던 사람이 한순간에 쓰러져 허망하게 갈 수도 있어요.

그런데도 우리는 마치 영원히 살 것처럼 하루하루를 그냥 흘려보내죠.

그런 면에서 저는 어쩌면 남들보다 더 풍성한 인생을 살고 있는지 몰라요.

투병 중의 고통이 깊은 만큼, 지금처럼 건강이 좋을 때는 그만큼 기쁨도 커요.

남들에겐 당연하게 느껴지는 일들이 제게는 커다란 감사로 다가오고요.

그렇기 때문에 아프다는 것이 제게 불행이 되었다고 생각하지 않아요.

삶은 소중해요. 누구에게나 똑같이 소중해요.

지금 힘들어서 딱 죽고만 싶다 하는 분들이 계시다면

부탁이에요, 제발 그런 생각하지 마세요.

하루하루 충실히, 뭔가 의미를 찾으면서 힘차게 살아가주세요!

언니랑 몇마디를 더 하고는 전화를 끊었는데...
가슴이 따끔따끔하고 머리는 빠르게 돌아가기 시작했죠

아... 이 찻집도 걔랑 왔던 거구나...

저는 생긋 웃으면서 물었죠

오빠, 여자친구 생겼다며?
그것도 사내커플?

당황한 표정의 Y군은 누가 그랬냐고 재차 묻더니
곧 맞다고 대답하더군요

"그게 그렇게 됐어..."

저는 더 이상 묻지 않았어요
별말없이 차를 마저 마시고 집 앞까지 같이 왔지요

그래요,
C양은 건강하고...
건강하고... 음, 건강하죠.
그것 하나만으로 저는 가가 죽었어요.
무슨 말이 더 필요해요.

날은 어두워졌고 물론 제 마음도 그랬어요

이제 연락하지 말라고 말한 후에
집 안으로 들어온 저는 허허 웃었어요

마음 아파할만한 가치도 없는 사람이야!
이렇게 알게 되었으니 다행이지!

웃겨, 정말!   난 아무렇지도 않다고!

그러나 그날밤...

우우욱

끄으으윽
끅끅

오늘밤만 실컷 울고
내일은 다시 파워업! 할 거야 ―

힘내라, 오방떡 소녀!

시간이 지나면
상처는 다 아물어요

오방떡 소녀

Part 2

암은 암,
청춘은 청춘

 요즘 언니는

울 언니는 어려서부터 말이죠,

엄마같은 존재라고나 할까요

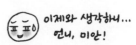 이제와 생각하니...
언니, 미안!

앞에서도 이야기했지만, 제가 암에 걸리기 전부터도
항상 언니는 절 무진장 돌봐줬어요

딱 이 느낌?

그리고 요즘 언니는...

열심히 일하는 듯 하지만 사실은,

각종 암 관련 정보검색 중 ٥

아니, 직장인이 이래도 되는 겁니까?  어이 없음

하지만,
사실은 언니 마음 다 알아요...

내가 통증으로, 구역질로 괴로워할 때마다
나보다 더 많이 울었던 우리 언니,

고마워, 정말 💜

그렇지만 ...

이건 그만해도 돼, 언니 ♂

언제나
나의 보물 1호는 언니!

머리를 자르고 한동안은

어쩜 어쩜, 짧은 머리도 잘 어울리네~

후훗

이랬던 저랬던지만,

시간이 갈수록...

음-

응?

우엥

이렇게 되더라고요!

아게 뭐야

휑-한 정수리에 머리숱 완전부족 0

그래도 전, 꿋꿋하려고 노력했어요
항암과 항암 사이에 기운이 날 때마다

쇼핑도 가고,

학교도 놀러가고,

급기야는 고등학교 친구들의 MT에까지 갔어요!

분위기가 한창 무르익을 무렵,
저는 그동안 남몰래 하고 있었던 생각을
조심스레 말하고 말았죠

저, 저기...
나 말이야...

← 대체 뭘 부끄러워 하는 거야 δ

발그레

쬐끔
고, 고름같지 않니?

사실 전 내심 기대하고 있었던 것이죠

그러나! 현실은...

친구 K군

아니 뭐야,
다들 너무나 좋아하는 이 분위기는...

하하...

나, 같이 웃어도
되는 거니?

아무리 그래도
골룸은 싫다구요~

싫어 싫어
마이 프레셔스ー 하악ー

그래도 역시
놀러다니느라 바쁜,   오방떡소녀

 난 누구?

골룸에서 벗어나기 위해...

저는 머리를 **빡빡** 깎기로 했어요!

약 30분 후

혀
넌 누구냐

난 알아버리고 말았어,
　옷이 아니라 머리카락이 날개였어!

그래도 뭐...

두상이 아주 이쁘네
머리깎고 이만큼 되기 힘들어

훗, 그러게요

나름 괜찮더라고요 (일단 골룸보다야～)

새로운 헤어스타일에 대한 반응은
그야말로 뜨거웠어요

 훗, 어딜 가나...

그러나 저는...
이들 중 누구도 아니랍니다

바로 바로,

찰칵
찰칵
찰칵
찰칵

갑자기
삭발하고서는

시상식에
드레스 입고 나타난
대단한 그녀

나탈리 포트만!

아잉, 아니라구?

그래두우~

나탈리 포트만
할래애~응?

필살애교   아잉

앙!

빡빡머리도 두렵지 않다!

고등학교 때부터 친구인 S양은

저랑 정반대인 점이 아주 많지만,

특히 키가... 0

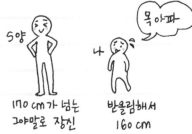

S양

170 cm가 넘는 그야말로 장신

나

목아파

반올림해서 160 cm

정말 소중한 친구 중 하나랍니다

제 빡빡머리를 보고도

으하하

최고야, 최고! 너무 귀여워 ~

타조알 같아

일부러 더 호들갑스럽게 칭찬하며
저를 위로해준 유쾌한 S양,

며칠 후에 일산까지 놀러왔더라고요

S양이 가져온 커다란 쇼핑백에
들어있었던 것은 바로...

가지각색의 모자들 ...

이거...

찌이잉

아아...

고마워, S...

내 투병생활은
외롭지 않다구!

저는 책 읽는 것을 좋아해요

훗

이래봬도 문학소녀랍니다

처음 조직검사를 위해서 입원했을 때에는

침대에 앉아 이 두 권의 책을 읽었더랬죠

음...

인간은 왜 고통을 겪는가...

↑ 완전 우울

대체 왜 그랬지? 분위기 잡고 싶었나? 왜지? 왜지?

그러나 암 진단을 받은 후에는

이게 아냐! ☆

밝은게 필요해!

만화책을 잔뜩 읽고,

크크크

↑
누워서 만화책 읽는 것을 좋아함 ◑

급기야는 한 간호사 언니가
울아빠에게 조심스럽게 물어봤다고 해요 ...

저어...
환자가
자기 병을
알고 있나요?

퇴원한 후에는 점차 암에 관련된 책을 찾게 되더라고요

남들의 투병기도 읽고,

자연치유에 관한 책들도 읽고,

조금 믿기 힘든 책들도 ― 이런 책들 은근히 많아요 ― 읽고요

그러다보니 어느새...

방에 있는 책꽂이 한 칸은 다 암 관련 책...

오늘도 열심히 독서하는 오방떡 소녀입니다!

정말 책에서
많은 걸 배웠어요

빡빡머리를 하고 나서 가장 큰 문제점은,

바로 이거였죠...

빡빡머리에는
예쁜 옷을 입을 수가 없다 ◊

그래서 저는 결국 큰 맘 먹고

비싼 가방을 구입했어요

처음에는 완전 어색하더니,

누가 봐도 가발 ◊

미용실에서 제 얼굴에 맞게 커트도 좀 하고
드라이로 손질을 하고 나니까

이거 이거, 원래 머리보다도 더 낫더라고요!

어맛!

얼마만에 보는
진정한 내 모습이니!

↑
이 병은 아직도 못 고쳤습니다

게다가 경제적!
가발은 보름에 한번 정도만 빨아주니 드라이 손질이 오-래 간다

오 예~

이제 어떤 약속도 두렵지 않아!

다만 문제점이 있다면...

방에

가발을 쓰면
꼭 공주님이 된 것 같아요

2005년 5월 7일,
오늘은 정말 특별한 날!

내 생일

이라서가 아니라, 이런...
아니었어?

두두둥♪ 울언니 결혼하는 날 ♬

강릉에서 있었던 결혼식을 위해서
항암 스케줄도 살짝 조정하고

엄마, 아빠, 언니, 나... 이렇게 네 식구는
오랜만의 가족여행을 가는 듯 설레는 맘으로
하루 전에 강릉으로 출발 ~

아침부터 서둘러 미용실에서 메이크업도 받고
가발도 웨이브를 바~짝~ 넣어 드라이를 하고요

아아... 이거 좀 오버하는거 같은데 ᎒᎒

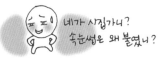
네가 시집가니?
속눈썹은 왜 붙였니?

신부가 입장할 때, 너무 이쁘다며 장내가 술렁이고

홋,
울언니예요

결혼식 내내 **활짝** 웃었던 언니...

웃는 모습이 아무리 예뻐도 그렇지...

아무튼 언니, 결혼 축하해 ♥

하나밖에 없는 언니가 결혼하니
조금 쓸쓸한 기분도 들지만...

그래요,
결혼해도 언니는 여전히 **내** 언니라구요!

여기서 잠깐! 언니의 항변~

억울해~ 결혼식 때는
내가 그렇게
웃으려고 웃은 게 아니라~

두꺼운 메이크업과
건조한 얼굴의
결합으로, 입가에
화장주름이 생겨버려서 ...

안 웃으면
티나는 입가의 선

웃어야 자연스럽게
선이 감춰진다

그래서 ...

나도
좀 부끄러웠어

허허

웃을 수 밖에 없었던
내 입장을 이해해 줘어

앙잉♡

나도 꼭 언니 생일날에
맞춰서 결혼할테얏!

오방랙소녀

116

우웩!

항암을 한다, 라고 하면
가장 먼저 떠오르는 게 뭘까요?

제 경우에는... 으음... "우웩"이죠!

우~웩
↑
바로 이거

첫 항암 주사를 맞고 난 후에는

뭐야, 이 정도라면
충분히 버틸만하잖아

후훗

이랬던 저랬지만...

두세번의 항암 후에는

우욱   우우욱

구역질이 나서 말도 안 나오는 상태가 되고

나중에는

우웩

※ S대 병원 낮병동 주사실에는
   주황색 비닐봉투가 잔뜩 비치되어 있어요
   저는 지금도 이 색깔 봉투는 싫어요.
   보기만해도 속이 다시 메슥거리는 것 같아!

정말로 주사실 들어서면서부터
한 시간 반 주사맞는 동안 내내
비닐봉지를 얼굴에 대고 토하게 되더라고요

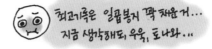

최고기록은 일곱봉지 꽉 채운거...
지금 생각해도, 우욱, 토나와...

급기야는 항암주사 처방을 받을 때
진정제? 수면제? 그런 걸 처방받아서
반혼수 상태에서 주사를 맞기도 했죠

보통은 이런 의자에 비스듬히 누워서
주사를 맞지만 전 침대를 차지했어요

꺄아,
특별대우?   ←좋니,좋아?

그런데   너무 너무 신기한 건,

오물오물

항암주사를 맞는 중에도
한 손에는 빵, 다른 손에는 우유를 들고 계시는
아주머니, 아저씨들이 분명히! 계시다는 거예요

제가 한 말은 이것 뿐이죠...

주사바늘, 어디에 꽂지?

저는 원래 주사바늘 같은 걸
　무서워하는 성격은 아니었어요

어릴때 예방접종도,

고등학교 생물시간에도

121

처음 임원했을 때에도

그러나 항암이 진행되면서
워낙 주사를 많이 맞다 보니...

우욱, 손등에 주사 꽂는 건 조금 아프더라고요!
바늘은 무사히 꽂더라도 약이 들어가면 욱씬욱씬

아아, 괴로워...

약이 독하기 때문에 잘못 혈관 밖으로 새면
조직이 **괴사**한다는 말에 벌벌 떨기도 하고

괴사라는 건
썩는다는 건데

조직이 죽으면
다시 안 살아나니까
주의하세요

덜덜덜

그걸 제가
어떻게 주의해요

조금만 시간이 지나면 손목이 부어올라 혈관이 막혀서
겨우 잡은 주사바늘을 빼야 하기도 하고

이거 빼면
또다시

새 혈관을
잡아야 되잖아!

제발 그것만은... 으흑!

한번은 혈관이 하도 안 잡혀서
발등에 시도한 적도 있었는데...

이건 정말
못할 짓이야

우욱

꽈악

엄청 아픈데다가 결국 실패로 끝나서
눈물이 찔끔 나더라고요

결국   이제는 주사바늘만 봐도

꺄아아

주사다 ―

이렇게 겁에 질리게 된 오방떡 소녀였습니다 o

으욱, 주사바늘 싫어

오방떡소녀

항암주사를 맞고 나면

그날은 물 한 모금도 제대로 넘기지 못하고
내내 변기와 실랑이를 벌여요

조금 나아지는 다음날에도
음식 냄새를 맡으면 어김없이 …

이렇게 사흘 정도는 뭘 먹는다는 건 생각도 못하지요

그러다 마침내

구역질이 진정되고
먹고 싶은 것이 생겨나면...

가족들은 무엇이든 가장 맛있다는 곳에서
당장 구해다 줬어요

파이가
먹고 싶다...

유기농 파이 파는 곳이
이대 후문에 있대

당장 아빠랑 다녀올게!

제가 뭐든 먹을 수 있다는 사실에 감격하면서요

그래요!
이런 가족들을 위해서라도 잘 먹고 힘내야죠

먹기 싫어도 꾹 참고 한입 한입 먹다보면
어느새 입맛도 돌아오더라고요

엄마, 아빠, 언니 고마워요
그 마음에 보답하기 위해서라도 ...

또 내가
뭐 먹고 싶냐면

잡채랑 만두랑 또...
삼계탕이랑...

중얼 중얼

으하하

다 먹어줄테닷

나 뭐 먹고 싶은지
더 많이 말해줄게 !!!

넌 언제 철 드니?

끝없는 가족들의 사랑 오방떡소녀

 두건 소녀

어느새 7월...

가발을 쓰고 좋아하던 것도 잠시,

이제는 가발을 쓰고 나가면

이렇게 되고 마는 계절이 왔어요

요즘도 밤에 보면 무서움 ◊

고마웠던 가발은 옷장 깊숙히 넣어두고

두건을 사러 쇼핑몰로 Go Go ~♪

잠깐! 항암 중에는 사람이 너무 많은 쇼핑몰은 피해야 해요! 저도 인적 드문 곳으로 갔어요!

이거 어때?

모델처럼 이쁜 친구 K양

진짜~

까아~ 다 이뻐당

우리는 신중하게!
 토의에 토의를 거듭하며 두건을 골랐어요

숍핑할때는 정대 지치지 않는다... ◌

그렇게 장만한 두 장의 두건

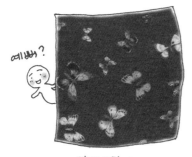

예뻐?

감색 바탕에
날아다니는 나비들

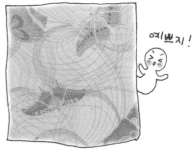

예쁘지!

베이지 바탕에
빨강, 파랑, 금색의 조화

일상의 행복은 작은 것에서 오는 건가 봐

두건...

헤헤...

두건 두장을 장만하고 금새 행복해진

오방떡 소녀!

헤헷

두건, 어울리나요?

오방떡소녀

 차라리…

항암주사를 맞는 것은
횟수가 늘어날수록
몸도 마음도 모두 지치게 해요

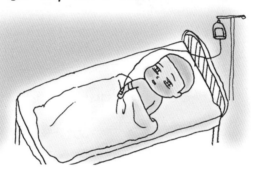

주사실 (낮병동)에 꽉 차 있는 약냄새가
숨쉬기도 싫게 만들고,

숨 안쉬면
정말 죽어?

히잉

주사를 맞고 있는 손과 팔은
욱신욱신 부어올라요

주황색 봉지에 위액까지 다 토해내고 나면,

대체 인생은 뭘까 생각하게 되지요

병원에서 집으로 돌아오는 길에
꼭 지나게 되는 터널이 있어요...

터널을 통과하는 내내 저는 생각했어요

차라리
이 터널이 무너졌으면
···
한번에 죽고 싶다...

운전하고 있는 아빠, 미안

죽으면
이 고통도
다 끝날텐데

차라리
죽었으면 좋겠어
아아...
이 터널이 무너졌으면...

하지만 그런 일은 일어나지 않더라고요

집이다
어 벌써!

오늘도 무사히

그래요, 이 힘든 과정도 언젠가는 끝나겠죠

저 터널처럼 ...

진짜? 진짜지?

조금만, 조금만 더 기운내자, 오방떡 소녀!

큰일날 뻔
했잖아

그때 터널 안 무너져서
참 다행이야~

오방떡 소녀

저는 드라마를 보면서 잘 울어요

유치한 줄은
알지만

눈물이 나는걸

보통은 그 내용에 몰입해서 울지만

떠나지
말아요

왜 그녀의 진심을
몰라주는 거야

으흐흑

한번은 나의 현실을 생각하며
펑펑 운 적이 있어요

2005년을 강타했던 드라마 "내 이름은 김삼순"

노처녀의 로망?

거기 이런 장면이 있었죠

정확히는 기억나지 않지만...

어머니가 다 나으면 돌아오라고 하셨잖아요

그래서 떠났어요 돌아오려고 그 힘든 치료, 다 이겨냈다구요

미안하다

난... 아픈 며느리는 절대 싫다

이렇게 려원이 통곡할 때,
저도 함께 울었지요

(푹푸ㅇ) 콧물은 좀 닦아가며 울어라, 얘

저렇게 이쁘고 가녀리고 착하고 똑똑하고
게다가 밝고 씩씩하기까지 한 그녀가 ···

단지 **암** 때문에 사랑하는 사람을 포기해야 한다면

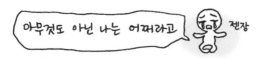

아무것도 아닌 나는 어쩌라고 젠장

라는 생각을 하며 울었던 것 같아요

그날밤,

울어서 퉁퉁 부은 눈으로
감상에 젖은 오방떡 소녀,
희망을 버리지 말자!

항암, 드디어 끝!

참 우여곡절 많았던 몇개월이 지나가고

저어, 사실은 …

뭐야, 짧은 머리도 잘 어울리잖아

후훗

우욱   우욱

나…

고, 곰룡같지 않니?

나탈리 포트만!

차라리 …

이대로 허벌이 무너졌으면 …

드디어...

계획했던 여덟번의 항암이 끝났어요

검사결과는,

완전 관해는 아니었지만...

완전관해란? 검사상 암 조직이 더 이상 보이지 않는 상태로 완전관해가 5년간 계속되면 완치라고 한대요

네...

조금 실망

그래도 어쨌든 무사히 항암이 끝났다는 것이
   정말 기뻤어요

그래도 어쨌든

다 끝난 거야

아아...
진짜지?

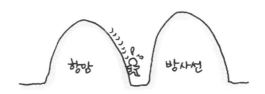

방사선이라는 큰 산이 남아있긴 하지만
항암이라는 큰 산을 이렇게 무사히 넘겼다는 거,

기특해! 정말 기특해!

헤헤

기쁜다

대견한
우리딸,
고생했어!

쿡 동생, 축하해...

엄마, 아빠, 언니
고마워요 사랑해요

오방떡소녀의 가족이야기 울 아빠

울아빠는 내가 아픈 후 언젠가부터
매일같이 새벽기도에 나가 날 위해 기도하신다

그리고 하루하루 있었던 일들을
큼직한 다이어리에 일일이 기록하신다

이렇게 꼼꼼하고 철두철미한 성격 때문인지
아빠는 엄-청 마르셨다 (아무리 먹어도 안 찌신다)

하루는...

그 체질을 언니에게만 물려주신 게 안타까울 뿐 ㅇ

울엄마는 쪼끔 엉뚱한 면이 있어서 더 귀여우시다
내가 대학교 다닐 때였던가...

엄마,
있잖아...

T군이 글쎄...
날 아무도 못 보게
자기집에 감춰놓고 싶대

딴 남자들이 보는게
싫대나 뭐래나, 후훗

당시 남자친구였던 T군의
닭살멘트 자랑 중

훗   그래?

딸깍

네 아빠는
말야...

엄마를 작게 만들어서
맨날 호주머니에
넣고 다니고 싶댄다

항상 같이 있고
싶대나 뭐래나,
호호호

헉!   내가 졌어, 엄마

항암 치료가 끝나고 식이요법을 하던 중에도
내가 외식하자고 하면,

헤헷

엄마!
우리 오늘 스파게티
먹으러 갈까?

어맛!

그럴까?

눈을 빛내며 좋아하시다가

엄마!

아이참,

집에서
현미밥이랑
두부 먹어야지!

결국 언니한테 혼나고 조용히 저녁 준비를 하시곤 했다 ◊

 오방떡소녀의 가족이야기 ♥ 울 언니

울언니는 동안이다

히히
언니, 저거
사줘~

으,으응~
그래 그래 o

같이 다니면 다들 언니가 더 동생같다고 한다

어머,
이쪽이 언니?

난 그쪽이
언니인 줄 알았네

썩 유쾌한 기분은 아니지만,

쳇

... 담담히 받아들인다

그렇지만 아직도,

이 말은 듣기 싫다...

흥

저도 왕년에는 이쁘다는 소리 많이 들었거덩요

중얼중얼

꽉

탁탁

사람들이 말야,

보는 눈이 없어 가지고~

집에 오는길 내내 툴툴거린다

(뒤끝 있는 성격)

나는 질투쟁이 ... ?

그래도 언니는 울동생이 젤 이뻐~

울언니

울형부는 "성실"과 "근검절약", 두 단어로 다 설명된다

 매일아침 7시 출근

출근이다

쿨쿨

재활용 쓰레기 버리는 날은
더 일찍 나간다

언니는 잔다

매일밤 9~10시 퇴근

보람찬
하루가

저물었군

음냐음냐

여보 왔성?

나 먼저
누웠어~

역시 언니는
자고 있을때가 많다

주말에도 별다른 건 없다 ㅇ

무슨소리!

주말에는
조금 늦게 출근하잖니~

근검절약

엑셀 프로그램으로 가계부를 만들어
수입지출을 따져보는 형부

이상하다   지출이 너무 많아

여보가 용돈을
너무 많이 쓰네~
좀 줄이면 안돼?

안돼 안돼~

아잉~

여자들은 옷도 더 필요하고
장도 거의 내가 보잖아~
동생도 돌봐줘야되고요~

그래?

그럼 내 용돈을
더 줄여야겠군

자, 10만원으로 한달을 살아보자

한번은
　내가 친구 남동생의 옷을 잔뜩 얻어왔더니

... 무지 좋아하셨다 ◊

Part 3

삶이 그대를
속일지라도

 여행을 떠나요

모든 사람들이 걱정하며 말리는데도 불구하고...
저는 과감히 **해외여행**을 계획했어요!

항암 하느라고
고생 많이 했잖아

방사선 하면
매일 병원 다니느라
아무 것도 못했는데
여행 한번 다녀올게~

아잉

몹쓸 어리광으로 가족들 설득 0

친구 K양과 함께 떠난 그곳은...

두건 같이 골라줬던
바로 그 친구

♬ 떠나요~ 둘이서~ ♪

에헤헤

※ 모델처럼 이쁜 K양은
키도 역시 크다

칫

← 부러움

바로바로 홍콩 과 싱가폴 ♪

홍콩의 "백만불짜리 야경"을 배경으로
사진도 찍고요,

돈도 없으면서 부지런히 쇼핑하고,

싱가폴의 깨끗하고 아름다운 자연도
잔뜩 감상하고…

그러나 무엇보다 좋았던 건,

온갖 맛있는 음식들…

그렇게 꿈같은 일주일은 후딱 지나가고,

다만...

딱 좋아!

나도 요즘 몸이 약해져서
낮에만 살살 관광하고
밤에는 너랑 같이 일찍 잘거야

라고 하던 K양,

첫째날에는 나랑 같이 밤 10시에 눕더니

둘째 날에는,

하핫

나 좀 나갔다 올게~
기다리지 말고 먼저 자♡

라고 하며 사라지더군

괜찮아
괜찮아

나는 다 이해해
히히히

내가 혹시라도 쓰러질까 노심초사하면서도
즐거운 여행을 함께 해 준 K양아, 고마워어~

그래도, 역시 집이 최고?   오뚱팩 소녀

165

 다시 항암을

여행을 다녀온 후, 저는 병원에 달려갔어요

더·덩어리가

커진 것 같아요

울먹울먹

요기... 목에...

여행가서 기름진 음식을
너무 많이 먹었기 때문일까요?

동물성 지방이
암세포를 **무럭무럭**
자라게 한다더니...

으흑

다시 검사를 한 결과

이게 뭔가요...

그러나 누구를 탓하겠어요

언니는 의외로 엄격

그렇게 다시 시작한 항암은 한번으로 끝났어요

팔의 통증이 너무 심해진 데다가
마비 증세까지 왔기 때문이죠

밤마다

거실바닥을 기어다니며 괴로워하곤 했던 저는

의사 선생님의 결정이 내심 반가웠어요

방사선 치료, 열심히 받을테야!

괴로웠던 항암,
이번에야말로 정말 안녕

방사선 치료에 대한 설명을 듣는 날

담담한 마음으로 병원에 갔지만

같이 가~

아, 됐어!
설명만 듣고 오는건데
나 혼자 갈거야!

방사선 치료의 부작용에 대한
  자세한 설명을 들으면서,

저도 모르게 눈물이 나기 시작했어요

막연하게만 생각해 온 방사선 치료의 무서움을
이제야 실감하게 되어서였을까요?

그때 긴─ 설명을 고개한번 들지 않고 읽은
젊고 잘생긴 의사 선생님이
드디어 고개를 들고
눈물을 줄줄 흘리고 있는 저와 눈이 마주쳤는데...

그 분은 조금의 미동도 없이
하던 말을 마무리짓고 종이와 펜을 내밀더군요

저는 생각했어요...

... 얄미움이 슬픔을 이기네

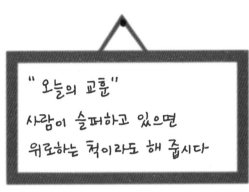

이렇게 →

→ 얼마나 훈훈합니까?

이제는 제발...
정신차리자

175

본격적인 방사선 치료를 시작하기에 앞서
꼭 해야 하는 중요한 작업이 있어요

"CT를 찍어 종양이 있는 위치를 파악해서
  몸에 그려넣는다"

↓

치료기간 동안 지워져서는 안 된다 ◊

두 달 동안 몸에 지니고 살아야 할 그림...
사실 전, 이런 걸 상상했죠

그러나 집에 와서 확인한 내 모습은...

그래, 그 때 어설픈 붓터치를 느끼긴 했어

마치 이런 느낌?

그래도 설마 이럴 줄이야 ㅇ

아아, 잘 좀 그리지...

이거이거

잘 가리고
다녀야겠군

게다가 이놈의 방사선 치료...

그려놓은 것이
지워지면 안 되기 때문에
샤워조차도 조심스럽다

아이고 답답해라

그림의 떡이여~

물에 닿아도 지워지지 않는
헤나로 문신해 주면 안 되냐고요~
두달 후에 자연스럽게 지워진대요오오

나 말리지 마,
방사선 치료만 끝나면
일본 노천온천으로 여행갈 거라구!

이곳이 낙원일세

허허허

어디까지나 상상일 뿐이

다만,

저어...
여행은...

대체
누구 돈으로
가는 거니...?

언니의 사소한 걱정은 모른척합시다

시간아
흘러라

하루빨리 두달이 지나가기를
애타게 기다리고 있는,

오방떡소녀

 타인의 고통

방사선 치료는 방사선을 쪼이는 부위에 따라
나타나는 부작용이 다양해요

갑상선으로
목에 치료를
받으니까

식도가 타 버려서
뭘 삼킬 때마다
너무 아파요

뇌종양인데

매번 치료마치고 나오면
토하느라 정신을
못 차려요

복부에
하니까

배가 아프고
통 소화가 안 되네

저는 다행히 치료받는 동안은
　그렇게 심한 부작용이 없었어요

　　　　피부가 타서 얼룩이 생긴 정도?

그래서 저도 모르게
"방사선 치료는 항암치료보다는 쉽다"
라는 생각을 하게 되지요

타인의 고통을 이해한다는 건 뭘까요

언젠가 입덧으로 힘들어하던 친구

위로의 말을 찾던 나

그러자 정색을 하던 그 친구

저는 할 말을 잃었죠

지금도 잊혀지지 않는 그 대화

그땐 참 속상했는데...

사실 나도 다르게 없긴 해

언젠가 같은 병실에 있던 아주머니

아이고, 아이고

아이고, 나죽네

속으로 잔뜩 짜증냈던 나

아이고, 시끄러

소리 지른다고 덜 아파지나, 좀 참지!

그 다음날 그 분이 돌아가시고 나서야

죽을만큼 아파서

소리를 지를 수 밖에 없었던 거구나

뒤늦은 반성

나의 고통만 고통이라고 생각하는
이 못된 마음을 버리고 싶어요...

이제야 철 좀 드니?

오방떡 소녀

암 진단을 받고 얼마되지 않았을 때
멀리 대전까지 문병와준 학교 후배 S양

이런말 어떨지 모르겠지만,

나는 암이 무서운 병이라고 생각 안해

우리 엄마도 말기암으로 의사가 포기할 정도였는데 지금 건강하셔

연예인 뺨치는
미모와 카리스마

응!

고마워!

근데 너 왜 그렇게
이쁘게 하고 왔냐

처음 듣는 S양의 사연,
덤덤한 대화였지만 큰 위로가 되었죠

그래도 일단
할 수 있는 건
다 하는 게 좋으니까

여기,
우리 아빠가
적어주신 거 참고해

난 잘 모르니까
부연 성명은 없어, 안녕

그렇게 S양이 내민 쪽지에는

알 수 없는 말들이 가득

이건…

아, 암호인가…

당시 참으로 아는 것이 없었던 나

잡곡밥 : 현미 2 + 율무 1 + 차조 0.5
　　　　 + 콩 0.5 + 찰수수 0.5

그럼 쌀은?

쌀 안 넣고도 밥 지을 수 있어?

현미가 도정하지 않은
쌀이라는 것을 몰랐음 ◊

녹즙 1日 2~3회

① 당근 200g
　 샐러리 150g
　 파셀리 5㎖ g
　 치커리 5㎖ g

② 당근 200g
　 샐러리 120g
　 파셀리 5㎖ g
　 시금치 80 g

③ 당근 330g
　 비트 70g
　 오이 1개

당근만 알겠네
당근만 알겠어

샐러리...
그러고보니 이젠
월급날도 없구나

비트? 때가 쏙~ 비트?!

녹색 채소라고는
고기 싸 먹는 상추와 깻잎밖에 몰랐음 ◊

채식 위주 식사 ― 유기농 채소 > 무농약 채소
소금은 죽염으로,
먹는 기름은 extra virgin olive 에 로

유기농이 뭔지, 죽염이 뭔지,
식용유에도 종류가 있는지
전혀 몰랐음ㅇ

결국

조용히 치워놓았던 S양 아버지의 쪽지

방사선 치료가 끝나고
 건강생활에 대해 하나씩 알아가면서

이제야 암호가 하나씩 해독되는 중입니다!

이제는 현미밥 잘 먹어용

비뚤어질테닷

안녕하세요~

오방떡 소녀의

언니랍니다

후훗

동생은

내 보물 1호는 언니!

라고 하지만

사실 제 심정은

무거워

동생은
내 애물단지 1호!

아잉, 언니는
농담도 잘 하셩~

라고나 할까요 ◑

192

특히 건강식을 하기로 한 요즘은

더욱더 동생 때문에 힘들답니다

이 철없는 것...

요즘 길을 걷다 보면

자꾸만 없어지는 동생

… 찾기는 어렵지 않아요

음식점 메뉴 진열대를 들여다보며
눈풀린 동생을 보면

마음이야 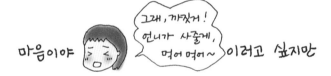 그래, 까짓거!
언니가 사줄게,
먹어 먹어~ 이러고 싶지만

안 돼, 나라도 정신 차려야지!

동생 자꾸
이럴 거야?

언니 화낸다!

그러면 동생은 ...

한 마디 외치고 사라져 버려요

걱정하며 집에 돌아와보면

우리밀 채식 라면을 끓여먹으며
행복해하고 있는 동생...

아아, 귀여운 울동생

사랑하지 아니할 수가 없구나 ♥

건강식은 너무 힘들어!

건강식을 하기로는 결심했지만
아는 것이 하나도 없었던 우리

고민 끝에 암환자 요양원을 가보기로 했어요

언니가 직장에서 휴가까지 얻어
함께 가게 된 설악산 자락의 요양원

신사역 앞에서 요양원 버스를 기다리는 중

드디어 버스를 타고

흔들리는 차 안에서 금세 잠든 언니와
하염없이 창 밖 풍경을 바라보던 나...

그때 뒷자리 어딘가에서 들리는 소리에
고개를 돌려 쳐다보니

저도 괜히 눈물이 고이더라고요

요양원이라는 낯선 세계,
    자연식·건강식이라는 어려운 과제

그래도 힘내자! 잘 할 수 있어!

 M군의 비밀

요양원에 왔다는 생각에 울적했던 것도 잠시,

아름다운 자연과

맛있는 식사와

희망을 주는 강의시간

아아, 즐겁다 즐거워

무엇보다 좋았던 건

건강 생활을 하는 또래 친구들을 만났다는 것

그리고 또 한명... M군!

처음 M군을 봤을 때

다음날은 또,

히힛

엥?   아무렇지도 않네?

뭘까, 이 부자연스러운 느낌은...

알아내겠다   M군의 비밀   동생~
안 자고 뭐해

생각보다 쉽게 풀린 비밀

친해져서 놀러간 M군의 방

마음을 흐뭇하게 하는 M군의 씩씩함

206

응, 그랬구나

운전도 하다니
멋진 걸!

그래요,
주저앉기에는 너무 젊은 걸요!

깔깔깔   깔깔깔

얘들아, 고마워   오방떡소녀

이러지 마세요

다른 사람에 대해 뭔가 궁금할 때
여러분은 어떻게 해결하시나요?

1번 : 직접 묻는다

2번 : 주위 사람들의 대화에 귀기울인다

3번 : 직접 이야기해 줄 때까지 모른척한다

저는 M군의 비밀을 알아낼 때
3번 방법을 사용했어요

정답!

그번 방법도
애용한 거 다 알아

그런데   어느 식사 시간에
우리 테이블에 함께 앉은 어느 아주머니가

M군에게 대뜸 물으시는 거예요

깜짝 놀란 언니와 나

기분 나쁜 듯 입을 다문 M군

눈치없는 이 아주머니

결국 M군은

대답과 함께 자리를 뜨더군요

그날 밤

우리가 조금 달라보여도
제발 이러지는 말아주세요

알아야 될 일이면
자연스럽게 알게 될텐데

치료가 끝난지 벌써 몇달

후훗

머리가
제법 길었군

그래도 아직 목욕탕에 가면
사람들이 힐끔거리며 쳐다보는 이유는

이건 뭐

쉽게 없어지지
않는군

아마도 이 흉터...

이런 여러가지 말을 들었어도

신경쓰지 않았던 나

찬바람이 불기 시작하면서

다시 시작된 심한 기침으로
전라도 여수의 요양병원에 가게 되었죠

그곳에서 진행되고 있던 특별 건강 강의

예전에 젊은 아가씨가
갑상선 암으로 상담을 왔길래
현미밥만 먹으면 된다고 했는데도

그게 싫어서 기어이 수술을 받더니
목에 커다랗게 흉터가 남았어

내가 장담하는데!

3~4년 지났지만
그 아가씨는 아직도
시집 못 갔다고
내가 확신해요!

그런 흉터가 떡 보이게
있는 며느리를 누가 원해,
그런 아내를 누가 원하겠냐고—

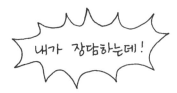

강의가 끝나고 방에 들어와서
한참 동안 흘린 눈물

훌쩍   훌쩍

하루 아침에 불량품이 된 이 느낌,
나는 그냥 나일 뿐인데...

정말 그래?   흉하니까 흉터인가...

흥!

흉터가 뭐 어때서?!   오방떡소녀

Part 4

인생은
롤러코스터처럼

 영국으로

한국에서 박사과정을 하다가
한 학기 동안 교환연구생으로
영국에 가 있었던 형부

언니는 직장을 옮기는 과정에서 생긴
두어달의 휴식기간을 이용해서
형부에게 다녀오기로 했어요

지구 반대편에서 함께 좋아 죽는 2인

그렇게 혼자 남겨진 겨울,

나날이 심해지는 기침으로
　집에서 꼼짝 못하고

날마다 언니와 통화하며
　외로움을 달래는데 ...

그러던 어느날!

엇, 이게 웬일?

어리광 신공 100%

아앗, 정말? 정말로?!

그렇게 떠나게 된 영국,

여행은 언제나 두근 두근!

영국에서의 생활

오전에는 공원산책

오후에는 시내구경

저녁에는 여기저기 식사초대

사실은 언니와 함께 여유로운 시간을
보내는 것만으로 행복한 하루하루였습니다!

언니와 함께 간 한인교회에서
  친절하게 말을 걸어온 한 청년, P군

멀리까지 오느라
고생하셨죠?

영국 오니까
어떠세요?

… 잘 생겼더군요

…

…

← 가발

229

그렇게 내 마음은 **두근두근**

집에 돌아와서,

며칠 후 형부의 자취방에서
교회 청년들을 초대한 저녁식사

밥 먹고 카드게임을 하면서
　나란히 앉게 된 P군과 나

아차차
또 졌다

깔깔깔

쿨쿨쿨쿨

내 마음은 또 다시 **두근두근**

헤헷

오늘은 부쩍
친해졌다...

영국을 떠나오기 전날
짐정리를 도와주러 온 P군

형부도 영국생활을 마치고 언니랑 나랑 다함께
한국으로 돌아오는 날이었기 때문

우리에게 정성이 담긴
카드와 선물을 건네주었죠

P 군이 준 카드에는...

선물도...

형부 + 언니에게

성경말씀 써 있는 장식품

나에게

찬양곡 CD

한국에 돌아와서도

P군이 선물해 준 CD를 들으며

나는 여전히 **두근두근**

아아, 이 두근거림은 뭘까요?

 콜록콜록

한국에 돌아와서도
　　나날이 심해지던 기침

기침을 할 때마다
　　가슴에, 허리에 느껴지던 통증

뭔가 심상치 않았죠

언니와 함께 호수공원으로
산책을 가려 해도,

몇 걸음만 걸으면 숨이 차고

층계를 올라가는 것도 무리였죠

기침이 심해지면서 생긴 가래는

색깔이 너무 이상했어요

형광주황?
이건 지구인의 가래색깔이 아니야

결국 검사를 위해 입원

뭘까, 이 기침의 정체는...
　　가슴은 왜 이렇게 아플까
　　가래 색깔은 또 왜 그럴까

내 작은 몸뚱아리 안에서
대체 무슨 일이 일어나고 있는 걸까

불안함이 가득한 하루하루입니다

언니야, 나 무서워

바쁜 중에도 틈틈이 찾아와
병실에서 많은 시간을 보내던 언니

침대 머리맡에 있던 성경책을 들어
시편 23편을 펼쳐 들더니,

그래서 우리는...

... 금세 시편 23편 마스터

그런데 바로 그 다음날

이동식 침대를 타고 검사실에 가게 되었죠

드르륵   드르륵

낯선 천장을 바라보며
밀려오는 두려운 마음 —

그래, 지금이 시편 23편을 외울 때야!

그가 나를
푸른 풀밭에
누이시며

쉴만한 물가로
인도하시는도다

콜록 콜록

중얼 중얼

검사 대기실에서 순서를 기다리며
입 안에 마취제를 뿌리고

입 안이 얼얼하고 침이 뚝뚝 흐르는 채로
다시 간이 침대에 누웠는데

더 이상 뒷문장이 기억나지 않고

떠오르는 것은 오직

사망의 음침한 골짜기에 혼자 있는 나

그리고 정말 고통스러웠던 기관지 내시경

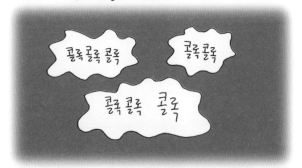

온통 암흑 속에서 숨이 쉬어지지 않던 그 공포

병실로 돌아와서도
계속 흐르던 눈물과 떨리던 몸

으흐흑   으흑 으흑

반쇼크 상태

사망의 음침한 골짜기 …

아-멘

내가 사망의 음침한 골짜기로
다닐지라도 해를 두려워하지 않을
것은 주께서 나와 함께 하심이라

 폐렴이라니

기관지 내시경 결과를 보고는
ㄴ선생님이 말씀하셨죠

한쪽 폐에
물이 많이 차 있고

호산구가
비정상적으로
늘어 있어요

오랜만에 등장한 ㄴ 선생님

아, 그렇구나

찰랑찰랑

호산구가
와글 와글

네에...

이런 건가...

그리고 선생님이 물으셨어요

결국 밝혀진 병명과 원인은...

방사선 치료가 무서운 것이었구나

저는 스테로이드 치료를 시작했어요

스테로이드 투약의 부작용은

몸통에 살이 찌는 것과

얼굴이 둥그렇게 되는 것

여드름이 나는 것

... 등등이었죠ㅇ

기침, 가래, 열, 흉통 등의 증상이
어느정도 가라앉아 퇴원한 후에도

소파에 앉아 간식먹으며
TV 보는 즐거움이라니...

하루에 한 움큼씩 스테로이드 복용

거울 보기가 무서운
오방떡 소녀입니다

정말 폐렴일까

드디어 폐렴이 다 낫고
봄날을 만끽하던 것도 잠시,

두 달이 채 못 되어 다시 시작된 기침

결국 다시 입원...
이 항생제, 저 항생제를 잔뜩 맞으며

늘어가는 눈물과 짜증

상냥한 꽃미남 주치의가
그나마 위안이 되는... ◊

도통 떨어지지 않는 미열과

밤마다 시트를 다 적시던 식은 땀

이상해, 이상해
    이건 뭔가 이상해

괜히 주치의 선생님께 화풀이도 하고

* 미국 메디컬 드라마로
'하우스'는 주인공 의사 이름입니다

저기…

저도 의사 넷이 환자 하나에만 달라붙으면 그렇게 할수도 있겠는데

지금 저 혼자 보는 환자만도 스무명이 넘거든요

미국이랑 우리 나라는 다르거든요 ㅇ

선생님, 그때는 죄송했어요~ 헤헷

아무리 해도 증상이 가라앉지 않아
결국 다시 스테로이드로 치료를 하고

나아져서 퇴원은 하지만

뭔가 불안해

계속해서 드는 의문 ...

나, 이제 다 나은 거 맞는 걸까?

치료가 끝난지
　일년도 되지 않았는데

 마음의 행방

기침하고 정신없는 와중에도

계속 이어지던 P군과의 연락

그리고 6월

P군이 저와 언니, 형부가 사는 일산으로
놀러왔어요!

다같이 맛집 거리에 가서
누룽지 백숙을 먹고

호수공원에서 노래하는 분수도 구경하고

우리는 함께 두근두근

이렇게 해서 더 친해진 우리는
자주 통화를 하게 되고

병원에 입원해서 힘든 동안에도
P군은 밤마다 전화해서
찬양도 불러주고 성경말씀도 읽어주었어요

언니의 신신당부로
길게 통화할 때는 이어폰 사용

" 나는 P군이 좋아,
　　　P군의 마음은 어떨까..."

당연히
그냥 좋은 누나라고
생각하겠지

안쓰러워서
잘해주는 것 뿐이야

괜히 기대했다가
상처만 받는다!

그래도
조금쯤은 날
좋아하지 않을까

그리고,
좋은 누나 동생 사이면 어때
같이 있는게 즐겁고 행복하면
그걸로 된 거지~

두 가지 마음이 싸우고 있네요

나중에 알게 된 거지만,

친한 친구에게 고민을 털어놓은 P군

깊어가는 P군의 고민...

우리는 그후
어떻게 되었을까요?

 재발이라니

폐렴이 다 낫고 상태가 안정된 후에야
제대로 할수 있었던 CT 검사와 PET 검사

검사결과
나왔어요?

오랜만에 같이
병원에 오신 울아빠

검사결과를 들으러 병원에 갔는데

저기...

폐랑 허리뼈, 골반뼈에
암세포가 보여요.
항암치료를 다시 해야겠습니다

이게 무슨 소리지요

내가 무슨 말을 들은 거지

안 들려요, 안 들린다고요

제가 눈물을 닦아내고 또 닦아내는 동안
아빠는 말없이 입원신청을 하시고

집으로 돌아오는 차 안에서
　힘들게 입을 여셨어요

저는 참고 있던 울음을 터뜨리며
　소리를 지르고 말았죠

끝없이 나오던 눈물

왜 나야, 왜 또 나냐고

말로는 표현할 수 없는 그 때의 심정...

이제 어떡하죠

한번 겪어본 걸로는 부족했나요

다시 시작한 항암 치료는
주사약이 2박 3일 동안 들어가고

독한 약이라 혈액 수치가 많이 떨어져서
주사가 끝나고도 한참 동안을
무균실에 입원해 있어야 했죠

무균병동...
비밀번호를 눌러야 병동 안으로 들어올수 있고
그나마도 보호자 1인 외에는 출입금지

침대는 비닐 커튼이 둘러싸고 있고

침대 밖으로 나올 때는 꼭 마스크를 써야 하고

항암제 때문에 신장이 상할 수 있다고
날마다 먹은 것과 소변량을 일일이 기록하고

눈에 염증이 생길 수 있다고
　　시간마다 안약을 챙겨 넣고

토하지 말라고 진토제를 맞고

주사바늘 꽂은 손등은 욱신욱신,
　　부어오르고 터지고 저리고 쓰리고

일주일 동안 물 약간과 과일즙 말고는
아무것도 먹지 못하고

몸무게는 날마다 빠지고

혼자서는 제대로 서지도 못하는 상황

그저 시체처럼 누워만 있던 나...

무엇보다 견디기 힘들었던 건

드르륵

몇달씩, 길게는 1년이 넘도록
　　그렇게 무균실에서 지내고 있는
　　　　환자들을 보는 것...

이렇게 하루하루 숨만 쉬고 있느니
차라리 죽고 싶어...

죽더라도 집에 가서 인간답게 죽을래
여기는 싫어, 싫어, 싫어

온 가족이 의논하고 또 의논한 끝에
결국 저는 병원을 나왔어요

도저히 견딜 수 없어서,
그렇게 그만둔 병원치료...

나약하다고 나무라지 마세요

정말 너무 힘들었거든요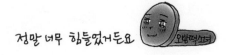

살고 싶은데

다 필요없다고, 죽어도 좋다고,
그렇게 병원을 뛰쳐나왔지만

사실 저는 너무 무서웠어요

아무리 천국이 좋은 곳이라 해도

그 곳엔 언니도, 엄마도, 아빠도 없잖아요

그건 상상만 해도 슬퍼서 견딜수 없는 걸요

언니와 저는 아무렇지 않게
이야기를 나누다가도

어느 순간 한명이 눈물이 고이면

누가 먼저랄 것도 없이
　서로의 손을 꼭 잡고 펑펑 울곤 했어요

이렇게 함께 있을 수 있는 날이
　곧 끝날지도 모른다는 무서운 생각

아직 죽고 싶지 않은데...

아아, 살고 싶은데...

 요양원으로

병원을 나올 때 언니는 이렇게 당부를 했어요

언니는 꼭
병원치료만이
길이라고
생각 안 해

그동안 책 읽고
연구 많이 했잖아

병원치료받듯
열심히
자연 요법하면
꼭 나을 수 있어,
알았지?

그렇게 약속하면
병원 나가는 거 찬성할게!

그래서 집에서 어느정도 체력을 회복한 저는
당분간 요양원 생활을 하기로 결심했어요

군데,
그 전에
오랜만에
P균 좀 만나고

헤헷

영국으로 돌아가기 전 바쁜 시간을 쪼개어
대전에 병문안을 와 준 P군

우리는 뿌리공원에서 오리배를 타고

동물원도 천천히 거닐었어요

10분 걷고 10분은 쉬는
느릿느릿한 나들이,

그래도 우리는 즐거웠죠

그렇게 P군은 영국으로 돌아가고...

찬바람이 불기 시작할 때
　　드디어 저는 요양원으로 떠났어요

버스 안에서 나도 모르게
　　언니에게 보낸 문자 한 통

이 겨울이 지나고 봄이 올 때까지
　　저는 살아있을 수 있는 걸까요

그래도 힘내야죠,
　　힘내서 하루하루 힘껏 살아내야죠!

가족들을 생각해서라도!

연애한다고요

요양원에서 건강 강의를 열성히 들으며
나을 수 있다는 의지를 다지고

집으로 돌아와 한동안 언니와 지내고 있을 때에
모르는 번호로 걸려온 한통의 전화

아니, 이 목소리는?

그렇게 영국에서도
자주 전화하기 시작한 P군

P균과의 통화 덕분에
    요양원 생활도 외롭지 않았죠

그러던 어느날!

누나는... 내가 왜 맨날 영국에서 시차 계산해가면서 누나한테 전화를 하는지 알겠어요...?

아니, 이 말뜻은 ?!

그, 글쎄요

왜, 왜 그러는데요 ?

"대롱대롱

벌떡

P군은 천천히, 다정하게,
약간은 망설이며 말했죠

그야...
물론...

누나를,
좋아하니까 그렇죠

우찌 이런 일이 ...

그렇지만...

그러자 P군은 확신에 차서 말해줬어요

... 고마워요, P군
　　나도, 나도 P군을 좋아해요

그렇게 해서
  서로의 마음을 확인한 우리,

추운 겨울에도
  당신을 생각하면
    마음이 따뜻해져요 ♥

사랑의 힘이던가

병원을 뛰쳐나온 후 한동안
저의 체력은 말이 아니었어요

조금 나아진 후에 엄마랑 떠난
경남 양산의 요양원에서도 마찬가지였죠

아침 체조 후에 다같이 오르던 짧은 등산로도
제게는 힘겨웠어요 0

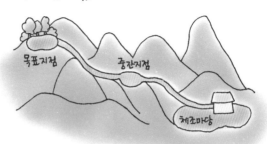

항상 중간지점에서 포기

엄아...

난 여기서
쉬고 있을게,
엄마는 끝까지
갔다와 ~

헉헉

그래,
그럼

스트레칭이라도
하고 있어 ~

이러다가 엄마만
살 빠지겠다, 얘

그런데 P군과 사귀게 된 후
혼자 돌아간 요양원에서,

저는 할수 없이 산에 오르기 시작했죠

드디어, 드디어 목표지점!

정말 그 곳은 휴대폰이 빵빵 터지더군요

그렇게 며칠이 지나자

이제 막 뛰어올라가게 된 등산로

예전의 내가 아니라고요~

아아, 이것이 사랑의 힘이던가

죽음은 늘 가까이에

요양원에서 기적처럼 몸이 건강해지고
조심스럽지만 일상생활로 돌아와
언니와 함께 지내고 있을 때,

감작스럽게 걸려온 전화

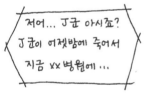

믿을 수 없는 소식

더욱더 믿을 수 없었던 것은…

장례식장에 모여든 많은 친구들
　다들 믿어지지 않는다는 표정이었죠

저는 화가 치밀어 올랐어요

J야, 너 어떻게 이럴 수가 있니

내가 그 고통 중에서도 아등바등
살려고 애쓰고 있었을 때 넌 뭘 했니

내가 너무너무 살고 싶어서 눈물 흘릴 때
넌 어떻게 이렇게 소중한 삶을 스스로 내팽개쳤니
어떻게, 어떻게 이럴 수가 있었니…

그날 밤은 한동안 잠을 이룰 수가 없었죠

살고 죽는 게
대체 뭘까─

분명한 건 있어요
　죽음에는 정해진 순서가 없다는 것

쯧쯧쯧

저런 저런,
암이래~

그래도
누가 먼저 갈지는
아무도 모른다고요

그러니까 살아있는 오늘에
더욱 감사하고 충실해야죠

아픈 사람이나 건강한 사람이나,
이 세상을 사는 사람 누구에게나,

죽음은 늘 가까이에 있다는 걸 기억하면서요

그래서 삶이
더욱 소중한거죠

자폐 수영선수 진호를 아시나요?

영화 "말아톤"의 실제 모델 초원이처럼
좋아하는 수영으로 장애를 이겨나가고 있는 진호.

그 진호의 어머니가 교회에 간증을 하러
오신다는 소식을 들었어요

나름 "엘리트"의 삶을 살고 있었던 진효 어머니,

인생에 처음으로 닥쳐온 시련이
바로 진효였다고 해요

잠시만 눈을 돌려도 액자를 깨고
유리 조각으로 눈을 비벼대는 아이,

한순간도 마음편할 날이 없이
절망에 빠진 진효 어머니...

그러던 어느날, 교회에서 전도방문을 온
아주머니들과 이야기를 나누게 되고

처음에는 마음을 열지 않았던 진효 어머니가
한번은 용기를 내어 진효를 데리고
그분들 중 한 분의 집에 놀러갔다죠

그때 아니나 다를까,

그 집의 비싼 소파를 쭉 찢어버리고 만 진효

진심으로 괜찮다고 하는 그분의 사랑에
감동한 진호 어머니는 하나님을 마음에 받아들이고

진호를 진심으로 사랑하고
이해할 수 있게 되었다는 거예요

그래요, 우리는 고통을 통해서
사랑을 배우고 성숙하게 되나 봐요

찌잉-

가엾다고, 불행하다고 생각했던 나의 20대도
어쩌면 평범한 건지 몰라요

힘든 일 없고
고통없는
삶이
어딨어

그래도
어떻게
사느냐가
중요한 거지

많이 사랑하고, 또 사랑받으며 보내는 나의 20대...
어쩌면 누구보다도 행복한 건지도 모르겠네요!

여러분,
모두 모두
감사해요

헤헷,
사랑합니다

안녕~

오방떡 소녀 이야기는 여기까지!

오방떡 소녀

얼마 전 만화책을 읽다가 펑펑 운 적이 있다.
휠체어 농구의 세계를 그린 《리얼》이라는 만화를 보면서였다.

골육종으로 다리를 잘라낸(이제 겨우 중학생인데!) 주인공은
절망에 빠져 하루하루를 보내다가
어느 날 병원에서 육상 기대주였던 자신을 알아보며 반가워하는
또래 소년을 만나 친구가 된다.

그 소년은 자기는 희귀병을 앓고 있어서 점점 신체기능이 약화되다가
스무 살쯤 되면 결국 죽게 될 거라고,
오코노미야키를 구워 먹으면서 담담하게 이야기한다.
충격에 휩싸인 주인공이 그런데 어떻게 그렇게 아무렇지도 않을 수 있냐고 묻자
소년은 이렇게 말한다.

"롤러코스터를 탈 때, 앞으로 몇 분 후면 끝나겠지, 또 몇 분 후면 끝나겠지,
하고 남은 시간이 얼마쯤 될까만 생각하면서 탄다면
과연 롤러코스터를 즐길 수 있을까.
내 인생이 얼마가 남았는지 그런 건 중요하지 않아.
살아있는 동안에 이 삶을 즐기면 돼."

순간 가슴이 쿠쿵 뛰며 얼마나 눈물이 났는지 모른다.
내가 만화를 통해서 하고 싶었던 이야기가 딱 그거였으니까.

또 김국진 씨도 〈남자의 자격〉에서 이런 강의를 했다.
인생이 롤러코스터 같다고 생각하기에 내리막을 갈 때도 낙심하지 않는다고.
내리막이 있으면 또 그만큼의 오르막이 있을 거라고 믿는 것,
그래서 내가 오르막에 있건 내리막에 있건 그저 열심히 살면 된다는 것.
역시 마음에 남는 훌륭한 강의였다.

많은 사람들이 내게도 비슷한 질문을 해 온다.
어떻게 그렇게 아무렇지도 않을 수 있냐고.
그리고 걱정스러운 얼굴로 "언제쯤이면 다 나아? 그 치료 받으면 정말 낫는대?"
하는 질문을 수도 없이 던진다.
그 사람들은 마치 암이라는 병이 내게서 없어져야만
내가 제대로 인생을 다시 살 수 있게 될 거라고 믿는 것 같다.

그렇지만, 아니다.
소년의 말처럼 이 병이 언제 다 나을까, 혹시 더 퍼지지는 않았을까,
불안해하고 초조해하며 살아가야 한다면 어떻게 삶을 즐길 수 있을까.
나는 지금도 내 삶을 열심히 살아나가고 있고
이렇게 소중한 삶의 순간순간을 누구보다도 풍성하게 음미하고 있는 것을.